《龙图公案》与中国古代公案小说

◎◎ 主编 金开诚

◎◎ 编著 韩建立

吉林出版集团有限责任公司

吉林文史出版社

图书在版编目（CIP）数据

《龙图公案》与中国古代公案小说/韩建立编著.—长春：吉林出版集团有限责任公司，2011.4（2022.1重印）
ISBN 978-7-5463-4990-9

Ⅰ.①龙… Ⅱ.①韩… Ⅲ.①古典小说：侠义小说－文学研究－中国 Ⅳ.① I207.41

中国版本图书馆 CIP 数据核字（2011）第 053423 号

《龙图公案》与中国古代公案小说

LONGTU GONGAN YU ZHONGGUO GUDAI GONGAN XIAOSHUO

主编/ 金开诚 编著/韩建立

项目负责/崔博华 责任编辑/崔博华 钟 杉

责任校对/钟 杉 装帧设计/柳甬泽 王 惠

出版发行/吉林文史出版社 吉林出版集团有限责任公司

地址/长春市人民大街4646号 邮编/130021

电话/0431-86037503 传真/0431-86037589

印刷 / 三河市金兆印刷装订有限公司

版次/2011 年 4 月第 1 版 2022 年 1 月第 5 次印刷

开本/ 650mm×960mm 1/16

印张/9 字数/30千

ISBN 978-7-5463-4990-9

定价/34.80元

关于《中国文化知识读本》

文化是一种社会现象，是人类物质文明和精神文明有机融合的产物；同时又是一种历史现象，是社会的历史沉积。当今世界，随着经济全球化进程的加快，人们也越来越重视本民族的文化。我们只有加强对本民族文化的继承和创新，才能更好地弘扬民族精神，增强民族凝聚力。历史经验告诉我们，任何一个民族要想屹立于世界民族之林，必须具有自尊、自信、自强的民族意识。文化是维系一个民族生存和发展的强大动力。一个民族的存在依赖文化，文化的解体就是一个民族的消亡。

随着我国综合国力的日益强大，广大民众对重塑民族自尊心和自豪感的愿望日益迫切。作为民族大家庭中的一员，将源远流长、博大精深的中国文化继承并传播给广大群众，特别是青年一代，是我们出版人义不容辞的责任。

《中国文化知识读本》是由吉林出版集团有限责任公司和吉林文史出版社组织国内知名专家学者编写的一套旨在传播中华五千年优秀传统文化，提高全民文化修养的大型知识读本。该书在深入挖掘和整理中华优秀传统文化成果的同时，结合社会发展，注入了时代精神。书中优美生动的文字、简明通俗的语言、图文并茂的形式，把中国文化中的物态文化、制度文化、行为文化、精神文化等知识要点全面展示给读者。点点滴滴的文化知识仿佛繁星，组成了灿烂辉煌的中国文化的天穹。

希望本书能为弘扬中华五千年优秀传统文化、增强各民族团结、构建社会主义和谐社会尽一份绵薄之力，也坚信我们的中华民族一定能够早日实现伟大复兴！

目录

一、中国古代公案小说的演变轨迹

公案小说是中国古代小说的一种题材分类。中国古代小说的题材分类有神怪小说、历史小说、世情小说、才子佳人小说等，公案小说也是其中的一种。简言之，公案小说就是以公案故事为题材的小说。"公案"一词的含义有多种，一是指官府的文件，二是指案件，三是指官府处理公事时的几案，四是指话本小说的种类之一。公案小说中的"公案"

是第二种含义。公案故事就是打官司的故事；公案小说也就是以打官司的故事为内容的小说。它必须具备两部分内容，即案情的描写和断案的描写，其中断案包含破案和判案两部分。

（一）公案小说的起源与萌芽

公案小说也像中国其他小说样式一样，起源于上古神话传说。鲧治水的神话传说，从另一个角度看，可以说含有一则公案。往古之时，华夏大地洪水肆虐，大地一片汪洋。大禹之父鲧为了拯救天下苍生，临危受命，

治水九年，但丝毫没有成绩。鲧偷来天上的宝物"息壤"堵截洪水。"息壤"是一种神土，可以自己生长不息，所以能堵塞洪水。当洪水暂时被平息时，天帝知道他的宝物"息壤"被窃，便毫不犹豫地派火神祝融把鲧杀死在羽山之郊。劳而无功，这岂不是一大冤案？屈原在《九章·惜诵》中曾为鲧鸣不平："行婞直而不豫兮，鲧功用而不就。"

先秦以来，涌现出许多刚正不阿、依法断案的执法者，为公案小说中的主人公——司法官吏形象的塑造，提供了

楷模。《史记·酷吏列传》中的中尉郅都，为人勇敢，公正廉洁，执法时不避帝王的内外亲戚。在审理临江王刘荣侵占宗庙案时，得罪了窦太后，窦太后竟加以陷害，斩杀了郅都。

先秦诸子百家、两汉史传中有关刑法狱讼的故事，在素材和艺术手法两方面，促使了公案小说文学因素的产生。《韩诗外传》中的《晏子谏诛颜邓聚》，叙齐景公外出打猎，颜邓聚负责掌管射来的鸟，可一不小心让鸟逃走了。齐景公大怒，要杀掉颜邓聚。晏子婉转劝导齐景公说：

"颜邓聚犯了四条死罪，请让我数落完了再杀他：第一，他为我们的国君看管鸟却让它们跑掉了；第二，他使我们的国君因为鸟而杀人；第三，让四方诸侯听说这件事，以为我们的国君重视小鸟而轻慢国士；第四，天子听说了，一定要降职或罢免我们的国君，从而危害了国家，宗庙难保。颜邓聚犯了这四条死罪，所以应当杀死他，绝不能赦免。我请求杀死他。"齐景公领悟到不能杀无辜之人的道理，急忙向晏子谢罪，赦免了颜邓聚。晏子用机智婉转的语言制止了一

场杀戮。这则故事刻画了晏子聪明机智、忠诚正直的形象。

《史记·孝文本纪》中齐太仓女的故事，叙西汉初年，齐太仓令淳于公犯罪当刑。皇帝诏狱吏逮捕他并送到长安关押起来。太仓公没有儿子，只有五个女儿。他的小女儿缇萦非常伤心，跟随父亲来到长安，上书皇帝说："我父亲做官，齐国人都称赞他廉洁公正，现在犯了法要受刑罚，我很悲伤，因为人死不能复生，受刑之后不能复原，即使想要改过自新，

也不能办到了。我愿意到官府做奴婢，来替我父亲赎罪，使他有机会改过自新。"天子怜惜她的孝心，也看到了肉刑的诸多弊端，于是下令废除肉刑。淳于公得以免除肉刑之苦。奇女子缇萦伏阙上书，不仅救了触刑的父亲，还感动皇帝下了废除肉刑的诏令，客观上促进了刑法的改革。

公案小说萌芽于魏晋南北朝时期，代表作品如干宝《搜神记》中的《东海孝妇》《李娥》，刘义庆《幽明录》中的《卖胡粉女子》，颜之推《冤魂志》中的《弘氏》《徐铁臼》等。《搜神记》中的《东海孝妇》是一个著名的冤狱故事。西汉时，东海郡有一个孝顺的媳妇，叫周青，赡养婆婆非常恭敬。婆婆说："媳妇赡养我很勤苦。我已经老了，哪能以自己的残年长久拖累年轻人呢。"说完就上吊死了。老人的女儿到官府告状说："这媳妇杀了我母亲。"官府把周青抓了起来，严刑拷打。孝妇不堪其苦，屈打成招，以杀人罪判处死刑。行刑时，孝妇的血呈青黄色，沿着旗杆流到顶端，又沿着旗帜流下来。

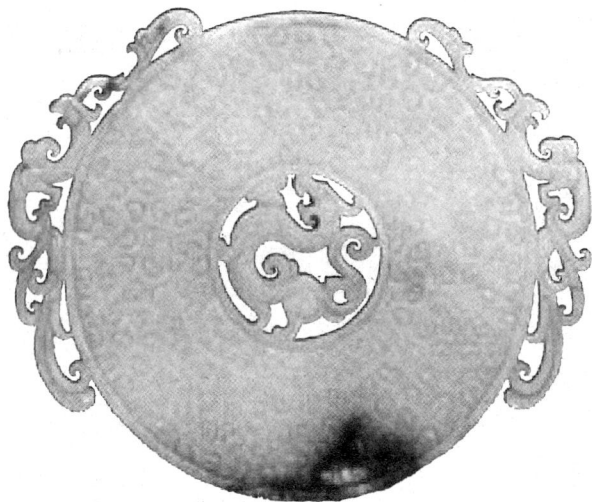

孝妇死后，东海郡内大旱，三年不下雨。新任的太守来了，听说了此案的冤情，便亲自去祭奠那孝妇，还立碑表彰她的孝顺。天立刻下起雨来，这一年获得了大丰收。孝妇周青蒙冤而死，在临行前立下的"鲜血逆流"的誓言顷刻应验。"三年大旱"等描写，借助神灵的威力为孝妇鸣冤叫屈，抨击社会黑暗，表达对善良淳朴的东海孝妇的深刻同情。

《冤魂志》中的《弘氏》，写梁武帝打算在父亲文皇帝的陵墓营建寺庙，需要好木材，下令派人寻找。商人弘氏曾

买了一个大木排，木料结实，世上少有。南津校尉孟少卿为了迎合皇上的心意，捏造罪名诬陷弘氏，说他卖的衣服、绸缎是沿途抢来的，还说他的衣服非常精美，超过了规定的等级，不是商人所应筹办的。不由其申辩，便判决处死了弘氏，没收了他的木材，用于建造寺庙。此案上奏朝廷，朝廷批准执行。弘氏临行前嘱咐妻子把黄纸笔墨放在棺材里，如果死后有灵，一定要伸冤。一个月后，孟少卿只要一坐下来，眼前就出现弘氏；他向弘氏的鬼魂乞求恕罪，最后吐血而死。凡是与此案有关的官吏，一个个先后死去。文皇帝陵上的那座寺刚刚建成，就被天火烧毁。官吏们为了讨好皇帝，竟妄加罪名，处死一个无辜的商人，谋取他的木材。冤狱杀人，罪恶滔天。鬼神显灵，为弘氏伸冤，无非是百姓在现实中无法实现的愿望在作品中的曲折反映。

（二）公案小说的形成与成熟

公案小说形成于唐代，据不完全统计，唐代的公案小说约有一百多篇，散见于各笔记小说集中，如刘肃的《大唐新语》、皇甫氏的《原化记》、卢肇的《逸史》、张鷟的《朝野佥载》、牛肃的《纪

闻》、薛用弱的《集异记》等。如果按案情内容划分，大致有以权谋私报复案、诬陷案、复仇案、诈骗案、盗墓案等。《大唐新语》中的《大理丞狄仁杰》通过两桩案子，塑造了狄仁杰刚正不阿、秉公断案的形象。第一桩写唐高宗时的将军权善才被人告发砍伐昭陵的柏树，是对太宗皇帝大为不敬。唐高宗命令斩杀权善才。大理丞狄仁杰判权善才所犯罪行只能免去官职。高宗大怒，命令赶快行刑。狄仁杰上言道："怎么能以几株小柏树就斩杀大臣呢？"高宗说："权善才砍我父皇陵上的柏树，是我做儿子的不孝才导致了这种情况。朕知道你是好法官，但善才最终必须被处死。"狄仁杰坚持苦劝。高宗说："依法虽然不能处死，但朕大恨深重，必须在法律之外杀掉他。"狄仁杰再谏说："陛下制定法令，公布于天下判刑、流放及至斩杀死罪，具有等级差距，分刑定罪，哪能犯了不致死罪的轻刑，却要特别给以处死呢？法律既然没有固定的、长久的效力，百姓又以什么来作为自己的行为规范呢？陛下一定

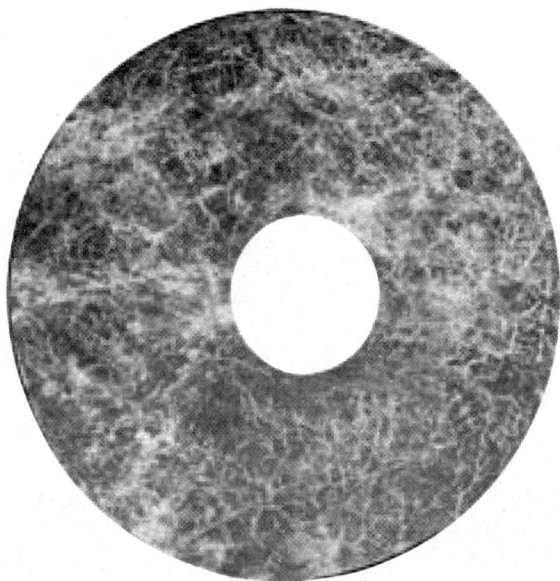

要改变法律，请从今天开始。"高宗恍然大悟，赞叹说："卿能严格执行法令，我有了称心的法官。"于是命令大臣将此事编入史书，又说："仁杰既然已为了善才指正了朕，何不索性帮朕整治天下呢？"于是任命狄仁杰为侍御史。第二桩写左司郎中王本立依仗高宗的宠爱胡作非为，朝廷百官都惧怕他。狄仁杰检举了他的罪行，要依法惩处他。而高宗却要特赦原谅他。狄仁杰上奏说："王本立虽是国家的英才俊杰，但是难道朝廷缺少王本立这样的人吗？陛下为何怜惜犯罪的人，而损害国家法令呢？如果陛下实在不想改变决定，就请秘密赦免他，流放我到无人的荒凉之地，作为对忠贞之臣的警告。"高宗最终听从了狄仁杰的建议。从此朝廷上下井然有序。

《朝野佥载》中的《蒋恒审案》，叙述的是蒋恒为杨贞等三人洗刷杀人罪名的故事。唐贞观年间，卫州板桥店主张迪的妻子回娘家了。卫州禁卫军杨贞等三人来住店，第二天五更时分又早早赶路了。就在那天夜里，有人用他们的刀杀了张迪，之后又把带血的刀插入刀鞘中，杨贞等人没有察觉。天亮以后，旅店的伙计追上杨贞等人，把他们的刀拿出来查看，见血迹斑斑。于是杨贞等人被当做凶手囚禁起来，遭到严刑逼供。他们不堪狱吏的拷打审问，便自诬杀了人。案件上报朝廷，皇帝产生

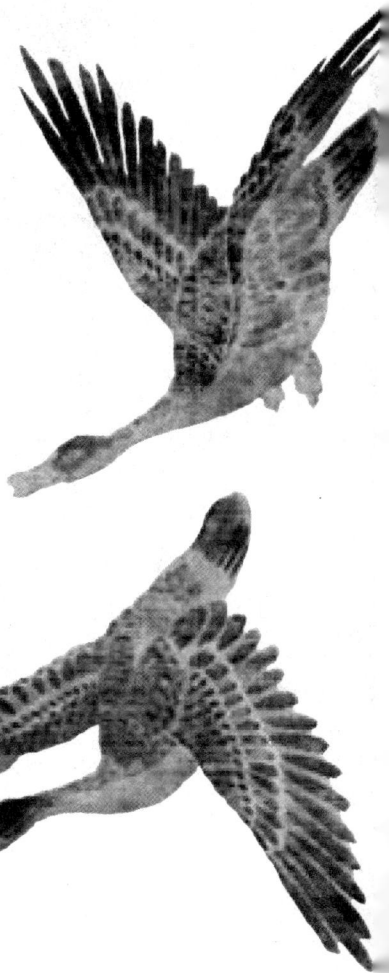

怀疑，派御史蒋恒重新审理此案。蒋恒来到卫州，下令把板桥店里15岁以上的人都叫来问话，因为人没有到齐，暂时把叫来的人又放了，只留下一个八十多岁的老太婆，直到晚上才放她走，蒋恒让监狱看守暗中监视她。蒋恒叮嘱说："老太婆出去，一定会有人跟她说话，你就记下这个人的姓名，千万不可泄露机密。"老太婆出去，果然有个人跟老太婆说话，监狱看守就记下那人的姓名。第二天蒋恒又这样做，那人又来问老太婆："皇帝的使臣是怎样审查的？"一连两天，来询问的都是那个人。蒋恒一共招集男男女女三百多人，当着大家的面把跟老太婆说话的那个人喊出来，其余全部放回。经审问，那个人承认了杀人的罪行，说是因为跟张迪的妻子通奸而谋杀了张迪。案件上报朝廷，皇帝嘉奖蒋恒，赐帛二百段，封他做侍御史。杀人犯作案后嫁祸于人，但总是做贼心虚。蒋恒正是利用罪犯的这一心理特点，布下疑阵，诱使罪犯自我暴露。

公案小说在宋代趋于成熟。"公案"之名，就首见于宋人之书，即话本小说中的"说公案"。宋代耐得翁《都城纪胜·瓦舍众伎》载："说话有四家：一者小说，谓之银字儿，如烟粉、灵怪、传奇。说公案，皆是搏刀赶棒，及发迹变泰之事。"学术界一般把"说公案"看做是公案小说的雏形。

这一时期，公案小说的数量急剧增

加，文言短篇小说约有三百篇，超过了宋代以前各朝代作品的总和；宋代话本中还有相当多的作品也属于公案小说。出现了以"公案"命名的文言短篇小说，如洪迈《夷坚志》中的《何村公案》、苏轼《东坡志林》中的《高丽公案》等。许多作品具备了公案小说应有的结构，即作案、报案、审案、判案四个要素，这是公案小说成熟的内在标志。

宋代文言公案小说，记载了各种各样的讼狱故事，内容十分复杂。《夷坚志》中的《何村公案》，写秦棣在宣州做知州时，得知何村有民酿酒，便派巡检去抓捕。巡检带领数十名兵甲，将这家包围了半夜。这个酒民是个富族，见夜晚有兵甲到来，以为是凶盗来犯，立即击鼓招集邻里抗击。巡检当初没有多考虑，也未防备，结果数十名兵甲被捉。酒民认为捕获盗贼有功，立即上报县衙。县宰了解了事情的原委后，将此事委托县尉处理。县尉考虑与酒民不能以力争，于是轻骑前往，好言对他说："我听说你家抓获了强盗，希望与我共同处理。"酒民对县尉深信不疑，非常高兴，将抓获的人员全部交给了县尉，与其子及孙三人，同县尉一起押送"强盗"来到郡里。秦棣当场释放了巡检和众兵甲，却捉住酒民祖孙三人，用麻绳把他们从肩到脚绑了起来，然后各杖一百，三人都被活活打死。秦棣之兄秦桧正居相位，所以无人敢言，竟成

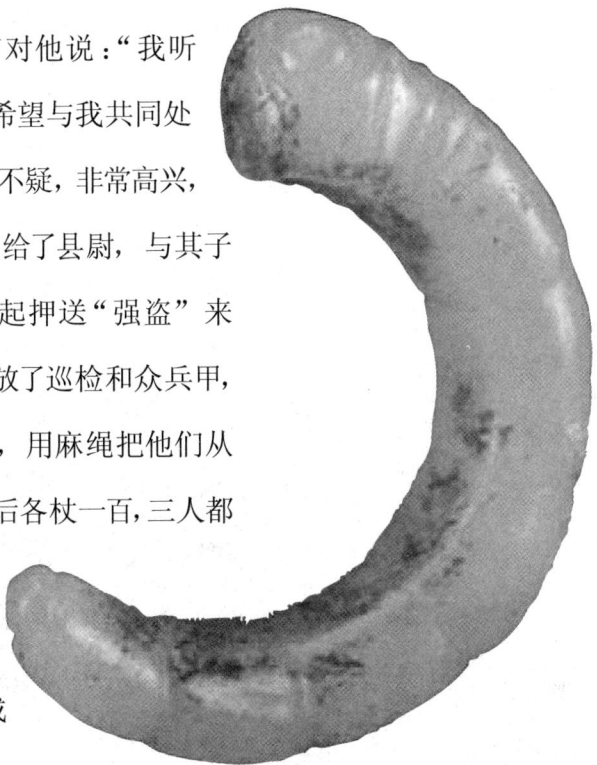

一桩冤案。第二年，秦棣病死。又过了一年，杨原仲做太守，在阴间处理了此案，使酒民的冤屈得到伸张。当时，酒与盐、铁一样实行专卖，小说写何村酒民酿酒，却未写其违法销售，知州秦棣无缘无故派巡检抓人，官军意志涣散，仿佛一伙强盗。知州、知县、县尉沆瀣一气，诱捕了酒民祖孙三人，将他们棒打至死。因为秦棣之兄在朝中为相，所以没有人敢出来鸣冤。小说流露出褒民贬官的思想倾向。

宋元话本中的公案小说中，《错斩崔宁》等是较为突出的代表作。《错斩崔宁》

写南宋高宗时，临安人刘贵做生意屡屡折本，家境不济。一日，与妻王氏给岳父过七十大寿，妾陈二姐看守家中。岳父拿出十五贯钱，资助刘贵开店，并留女儿多住几天。刘贵驮着钱往家走，路上遇到一个做买卖的朋友，喝了几杯酒，带着醉意回到家。陈二姐问他钱是哪来的，刘贵戏言是卖她得来的。陈二姐一气之下，把十五贯堆在刘贵脚后边，就悄悄溜出门，打算回娘家告知父母。刘贵三更方醒，见房中无人，不觉又睡去。

不料有个不务正业的人，白天输了钱，想在夜里出来偷点东西。走到刘贵家门口，见门

没锁，就溜进去杀了刘贵，抢走了十五贯。
第二天，邻居发现刘贵被杀，陈二姐也
不见了。一边派人到王老员外家报凶信，
一边去追陈二姐。恰巧陈二姐正与一个
后生同行，便将他们一同抓回。后生叫
崔宁，官府搜索他的搭膊，恰好有十五
贯钱。于是，崔宁和陈二姐被当做奸夫
淫妇和杀人犯绑缚官府。临安府尹不听
申辩，将崔宁与陈二姐打得死去活来，
受刑不过，两人只好屈招。判崔宁奸骗

人妻、谋财害命，依法处斩；判陈二姐同奸夫杀死亲夫，大逆不道，凌迟示众。王氏守孝一年，父亲叫老王来接她。路上躲雨，与老王钻进一片林子。在林中遇上强盗静山大王，老王被杀，王氏也被迫做了压寨夫人。一日，在家闲坐，静山大王无意中说起曾杀人抢了十五贯钱。多年的沉冤真相大白，王氏乘隙到临安府叫起冤来。新任府尹着人捉来静山大王，用刑拷问，静山大王对杀人事实供认不讳。静山大王全家被处斩，家产一半交官，一半交给王氏。原问官断狱失情，削职为民。崔宁与陈氏枉死可怜，有司访其家，量行优恤。小说叙述了临安府尹错斩崔宁和陈二姐的故事，深刻反映了封建官吏胡乱判案、草菅人命的罪行。小说头绪繁多，情节曲折，却井井有条。冯梦龙将这篇小说收在他编纂的《醒世恒言》里，题目改为《十五贯戏言成巧祸》。他认为崔宁、陈二姐的被"错斩"是一场"巧祸"，而导致"巧祸"的直接原因是刘贵关于十五贯由来的一句"戏言"。"巧"，正是这篇小说艺术构思

的特点。窃贼恰巧路过刘家，恰巧门又没锁，于是刘贵被杀。陈二姐路上巧遇崔宁，刘贵被盗的和崔宁卖丝所得的钱恰巧又都是十五贯，于是崔宁、陈二姐被错判为奸夫淫妇、合伙杀人的罪犯。王氏在山林中遇到的恰巧是杀害自己亲夫的凶犯，无意中的闲谈，恰巧道出多年未解的疑案，于是沉冤得到昭雪。种种巧合，引人入胜，真实可信，完成了揭露和控诉封建官府的主题。

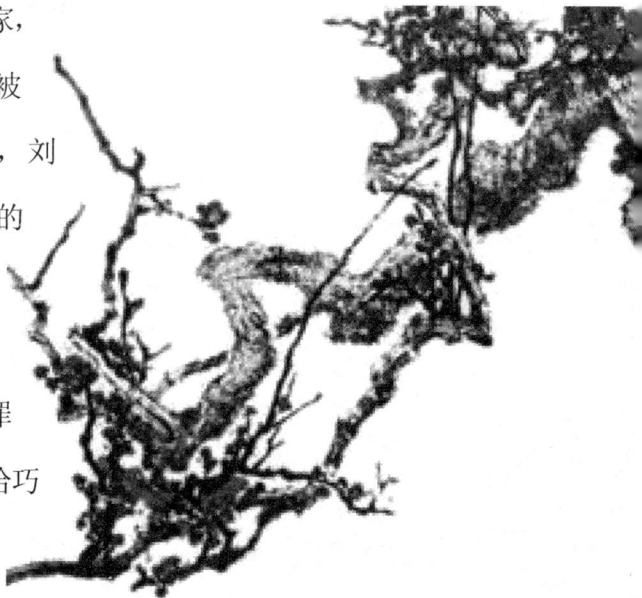

（三）公案小说的发展与繁荣

公案小说在明代呈现出进一步发展的局面，突出的标志是出现了一批公案小说集。如《百家公案》，这是现在知道的最早的公案小说专集；《廉明公案》，这

是现在知道的第二部公案小说专集；另外，其他公案小说还有《诸司公案》《新民公案》《海刚峰先生居官公案传》《详刑公案》《律条公案》《名公案断法林灼见》《明镜公案》《详情公案》《神明公案》《龙图公案》等。

明代公案小说在内容和形式上，主要有两种类型：

一类是以某个人物为中心，包含多个办案故事，如《龙图公案》《海刚峰先生居官公案传》等。《海刚峰先生居官公案传》写海瑞办案的故事。海瑞当时有"南包公"的美称，此书利用了他的名声。书中所写不是历史上海瑞真实的办案记录，而是当时的文人将明代和前代的各种案例捏合在一起，改头换面，加工润色，借海瑞之名，编撰的一部短篇公案小说专集。全书七十一回，每回讲一个独立的审案故事。其中最长的近三千字，最短的只有四百字。每回故事一般由四

部分组成：1. 事由（即案情始末）；2. 告
状（即原告人写的状词）；3. 诉状（即被
告人写的辩护词）；4. 判词（即判决书）。
如该书第十回"勘饶通夏浴讼"：

淳安县乡官通判饶于财，夏浴空室。
夜渴索茶。小婢持置墙孔饮之，遂中毒死。
其前妻之子谓以继母有奸夫在，故毒杀其
夫，乃讼之于邑。置狱已久，不决。公当
时巡行于郡，各县解犯往郡赴审。其继妻
再三叫冤，公戚然思之："其妇如此叫冤，
莫非果负冤乎？"径造饶室详审，秘探阅
浴处及置茶处，遂严钥其门，概逐饶通判

家口于外，亲与一小门子宿其中，仍以茶置墙所。次早起视，果有蜈蚣堕焉。急命拆墙，遍内皆穴蜈蚣。焚烧移两时方绝，臭不可闻。遂开其妇之罪，冤始得解。妇叩谢而归。

告继母谋杀亲夫

告状人饶清，告为奸杀大冤事。（下略）

诉

诉状人姚氏，诉为冤诬事。（下略）

海公判

审得于财之死，非毒药之毒，蜈蚣之毒矣！（下略）

由此可见，这种"书判体"公案小说，除前面的"事由"部分具备故事性以外，其余部分是由状词、辩护词和判词组成的，不具备故事性。

另一类是以公正廉明的案件审判为

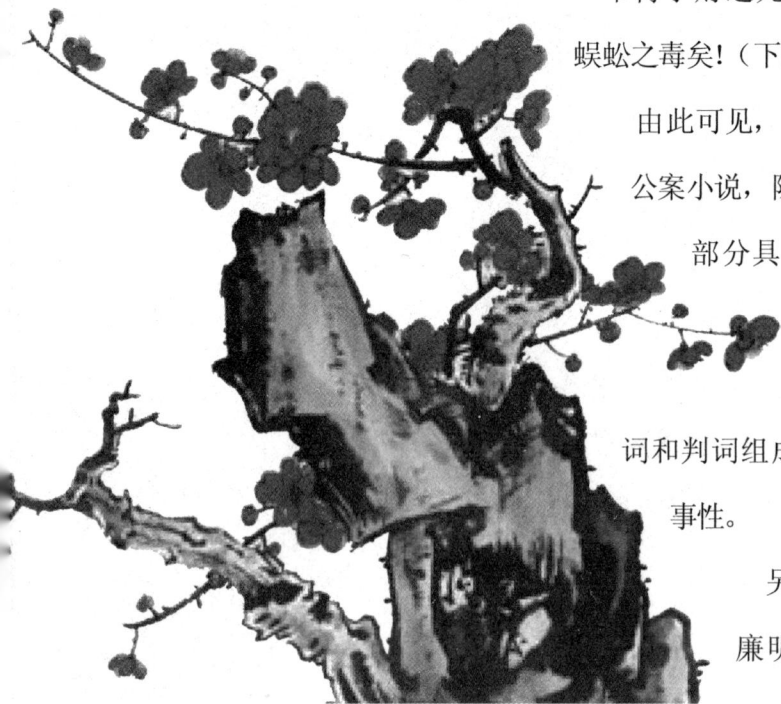

中心内容的短篇小说集，如《廉明公案》《详刑公案》等。

《廉明公案》的编者是余象斗。它按照案件的不同类型分为十六类，即人命类、奸情类、盗贼类、争占类、骗害类、威逼类、拐带类、坟山类、婚姻类、债负类、户役类、斗殴类、继立类、脱罪类、执照类、旌表类。每类编选的故事多少不等，多的有十八则，如"人命类"；少的只有两则，如"坟山类"。每则故事称赞一位或两位执法官吏的审案、判案事迹。小说还注意通过疑难案件，表现执法官吏的破案才干，如《蔡知县风吹纱帽》。蔡应荣任陕西临洮府河州县知县，断案如神。一天晚上，坐在堂上，头上纱帽被风吹丢。蔡公乃令差役三日内寻到纱帽下落。次日，魏忠在离城二里的大坪的一棵梨树下，捡回纱帽。蔡公亲往现场，在这棵梨树下挖出一具尸体，头上有一刀痕，知是被人谋杀。蔡公拿

得梨树左边地主陶镕、邹七，右边地主梅茂、梅芳，四人均不承认杀了人。蔡公将其放回，令三日内抓到真正的杀人犯。这天夜里，蔡公密召曾启等十六人，让他们把第二天出城的人都抓来。第二天一下子抓到二百多人。蔡公命差役把这二百多人各领几个带走，明日一齐送来，定要严审；同时，告诉这些被抓来的人，如果谁肯出银子，就可以暗中被放走。曾启领了五个人，内有开店的丘通。丘通肯出五两银子，请求把他放走。曾启报知县主。待曾启刚放出丘通，当即就被公差拿住，来见蔡公。蔡公喝道："你杀死人埋在梨树下，冤魂来告。我已调查清楚，要待明日审问，你今夜为何要逃走？要从头招来，免受拷打。"丘通见说出实情，吓得魂不附体，只得如实供出："前月初十，有一孤客带银三十两，在店借宿，我将他杀死，埋在路旁梨树下。其银尚未敢用，埋在房间床脚下。"

蔡公派人找到银子。丘通被判死罪。小说先写怪风吹去蔡公的纱帽，原是冤魂相投。这是古代小说特有的手法。蔡公知道杀人者心虚，必要远走，于是让差役把出城的人都抓来，但还是难以辨别凶手；又以出银者可以私下放出相许诺，杀人者急于逃脱，定要贿赂银两企图脱身，以此诱使杀人者现形。

《详刑公案》全书八卷十六类四十则。分别为卷一谋害类，卷二、卷三奸情类，卷四婚姻类，卷五奸拐类、威逼类、除精类、除害类，卷六窃盗类、抢劫类、强盗类，卷七妒杀类、谋占类，卷八节妇类、烈女类、双孝类、孝子类；或一卷一类，或两卷一类，或一卷多类，各不相等，故事也长短不一。每则叙述一个故事，每个故事赞一位判案公正的法官，大多是知县、县尹。许多故事都是采用先贬后褒的手法，在正误两种判案结果中显现编者的主观倾向。如《魏

恤刑因鸦咒鸣冤》，写武昌府江夏县的
郑日新与表弟马泰自幼相善，以贩布为
生。这年正月，每人身带纹银二百余两，
辞家而去，郑日新往孝感，马泰往新里。
一天傍晚，马泰路遇吴玉，吴玉告诉他
此地夜行危险，马泰遂不敢行，借宿在
吴玉家。吴玉假意设宴，却将蒙药放入
酒中，马泰饮后不知人事，被吴玉推入
荫塘害死，财宝被夺。郑日新
到孝感多日，却不见马泰发货
来，便往新里找寻，到他们以前常住的
杨清客店打听，说未曾到过。郑日新不信，
心想，一定是杨清见马泰银多身
孤，便将其谋害。
于是具状告
官。孝
感知县
张时泰

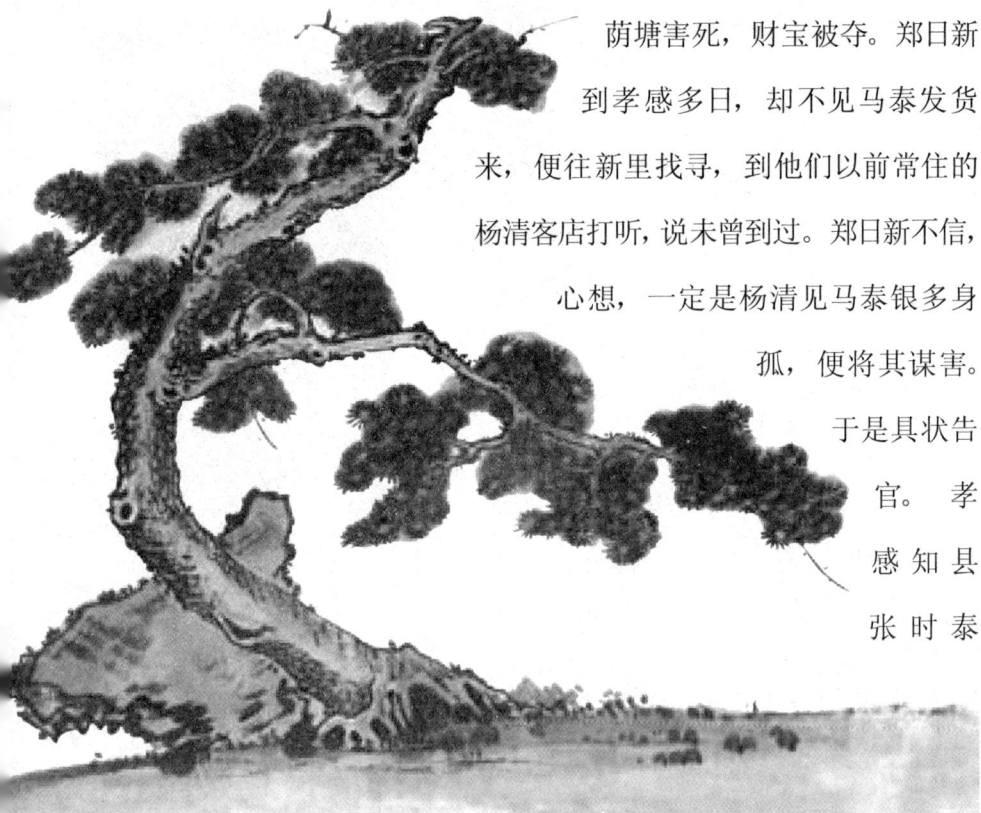

只凭郑日新的状词，而不顾杨清及邻里等人的辩解，主观推断，确认杨清就是凶手。重刑之下，杨清屈打成招，遂被判死刑。半年后，朝廷委任刑部主事魏道亨来湖广恤刑。魏主事查阅了杨清的案卷，感觉其中似有冤情。一天，魏主事微服察访，在一个鸦鹊成群的偏僻荫塘中，发现一具浮尸。在打捞时，又发现数具腐烂的尸体。魏主事找来附近十余家的百姓，各报姓名，令驿卒逐一记下。他看过一遍，说："前在府中，梦见有数人来告状，被人杀死，丢在塘中。今日亲自来看，果得数尸，与梦相应。杀人者的名字就在其中。无辜者起，杀人者跪上听审。"众人心中无愧，皆纷纷离开，唯吴玉吓得心惊胆战。经审讯，吴玉招出谋害多人，又杀死马泰的全部经过。孝感知县张时泰轻信口供，不加详查，酿成冤案。与他形成对比的，是魏道亨断案英明，一丝不苟，仔细勘察，辨明

真相。不然，杨清之死，定陷于无辜；马泰之冤，终沉于苦海。

明代公案小说除了专集之外，还有一些写得比较好的作品，散见于其他书中，以"三言""二拍"为代表。这两部书中，被认定为明代公案小说的有四十多篇。如"三言"中的《陈御史巧勘金钗钿》《滕大尹鬼断家私》《李玉英狱中讼冤》《一文钱小隙造奇冤》等，"二拍"中的《恶船家计赚假尸银，狠仆人误投真命状》《夺风情村妇捐躯，假天语幕僚

断狱》《硬勘案大儒争闲气，甘受刑侠女著芳名》等。

明代公案小说通常以中短篇为主，大都以专集的形式流传。公案小说的诸要素，明代公案小说已大致具备，每篇小说大都由作案、报案、申诉、审案、破案、判案等几个部分组成。

公案小说在清代达到繁荣的程度。长篇通俗公案小说着重反映官府昏庸腐败、恶霸横行的黑暗现实，所写的许多案件都是由于官吏贪赃枉法造成的冤假错案，作品具有强烈的现实主义色彩。代表作有《于公案奇闻》《九命奇冤》等。

《于公案奇闻》八卷，不题撰人。每卷回数另起，依次为四十回、三十八回、三十二回、三十二回、三十六回、四十回、四十六回、二十八回不等，合计二百九十二回。全书共有十七大段、二十七个公案故事。各案之间并无联系，由审案人于成龙贯串起来。每大段或单

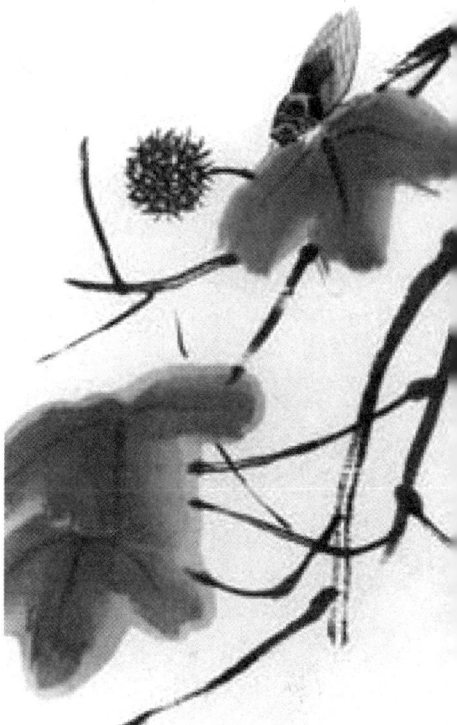

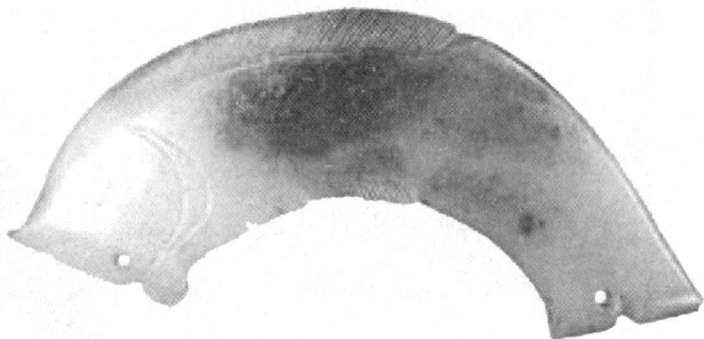

叙一个公案故事，或以一个大故事为主，首尾缀以一两个小公案故事，或穿插其间，或两三个公案故事并列交叉。全书主角于成龙在历史上实有其人，字北溟，山西永宁人。明崇祯间副榜贡生，清顺治十八年（1661年）授广西罗城知县，后历任合州知州、武昌知府，迁福建按察使、直隶巡抚，官至两江总督，是清初的封疆大吏，康熙二十三年（1684年）去世。于成龙为官政绩突出，多次被康熙皇帝赞为"清官第一""天下廉吏第一"。于成龙为官时常微服私访，种种疑案均能明察公判，且廉洁清正，深得百姓称颂。但书中所写的公案，并非都是于成龙所办，只是由于其名声显赫，传闻众多，因此人们把一些辗转流传的案例都附会到他一人身上，也是很自然的事。《于成龙奇闻》上承明代公案小说的余绪，下启短篇成长篇的趋势，在章回、结构、情节上都做了一系列的探索，发生了重大的变化，是明清公案小说转变期的一部重要作品。

《九命奇冤》三十六回，署"岭南将叟重编"。岭南将叟即吴沃尧。清光绪三十年（1904年）十月起连载于《新小说》，光绪三十二年（1906年）上海广智书局出版单行本。故事原为发生在雍正年间广东番禺县的一件真事，乾隆五十九年（1794年）欧苏《霭楼逸志》卷五《云开雪恨》曾有记载。嘉庆十四年（1809年），安和先生（钟铁桥）将其故事撰为小说《警富新书》，凡四十回。《九命奇冤》的主要情节和人物均本

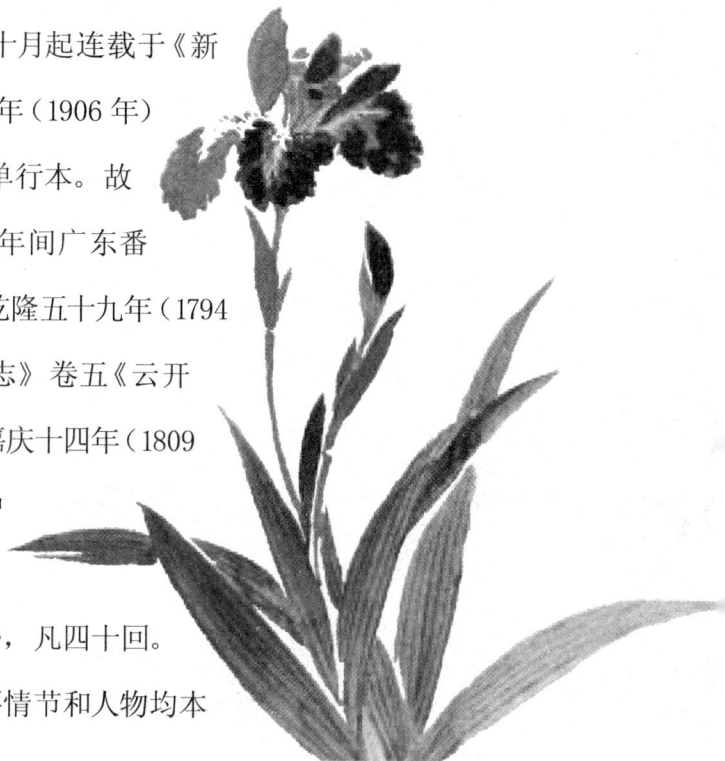

《警富新书》，实为该书的加工改编本。

《九命奇冤》叙述清雍正年间，广东番禺县凌、梁两家因风水问题而结怨，以致渐成仇敌，最后酿成九条命案之事。凌家之子凌贵兴纳粟入监，以银两买通关节，想求个官来做，结果落空。风水先生说是梁天来家的石室压住了风水，贵兴遂向梁天来兄弟购买石室。梁家没有答应，凌贵兴怀恨在心，加害梁家。虽然梁家采取忍让的态度，但凌家却使事态不断升级。最后火攻烟熏，梁家七人被害，因其中梁君来之妻身怀有孕，凌家的报复便酿成了七尸八命的大案。梁家先后告至番禺县、广州府、臬台衙门，证人张凤被夹棍夹死，遂成九命奇冤。官府层层受贿，反判梁天来诬告。梁天来悲愤至极，进京上告，才使冤情得以昭雪。

作者创作这部小说的意图，是想通过这一事件的发展过程，充分反映清朝统治，即使是在被认为"吏治是顶好的"雍正朝，也仍然隐藏着大量的黑暗与丑恶。作者写的虽是二百多年前的旧事，却是要借历史的外衣，揭露贪污横行、草菅人命、钱能通神、奸盗猖獗的现实，帮助人们认识封建官僚阶层的本质。

清代文言公案小说数量众多，出现了前所未有的繁荣景象，题材内容与艺术风格多姿多彩。这些小说散见于各种笔记或文言小说集中，如蒲松龄的《聊斋志异》、袁枚的《子不语》、纪昀的《阅微草堂笔记》、许奉恩的《里乘》等作品中，均收录了一些公案小说。

清代文言公案小说歌颂了执法严明
公正的官吏。《里乘》中的《小卫玠》写
山西郦翁之女珊柯，美丽聪慧。已故太
守之子闻珊柯之名，请媒人求婚。郦翁
慕公子门第多财，就答应了。新婚之夜，
新郎被杀。凶手自称小卫玠，求欢不成
便抢走了新娘发髻上的一枚簪子。第二
天，具状诉于邑宰。邑宰以凶手自称"小
卫玠"为线索，拘捕了同邑素有"小卫玠"
之称的世家子弟卫生，屈打成招，判秋
后处决。按察某公来到山西，颇疑其冤
情，思为平反。于是设计让珊柯和小卫
玠住在同一间牢房，暗中监听他们的谈

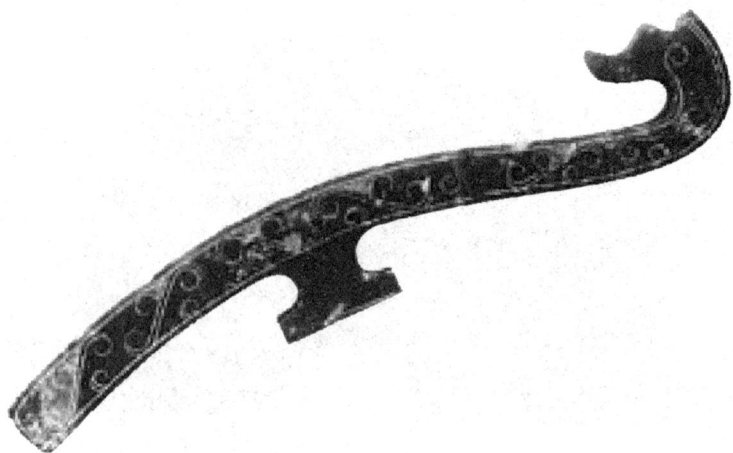

话，探知凶手口吃、狐臭。从郦翁处得知，此人叫金二朋。拘来金二朋，审出案情，冤情得以昭雪。邑宰草草断案，以致酿成冤狱。按察某公审案深入细致，授计狱吏，神妙莫测，最终使真相水落石出。

清代文言公案小说还揭露了那些草菅人命、收受贿赂、制造冤狱的贪官酷吏。袁枚的《书麻城狱》写麻城的涂如松与妻子杨氏不和。杨氏出走，隐藏在杨同范家里。杨氏之弟杨五荣诬告涂如松和陈文合谋杀死杨氏。麻城知县汤应求审案未果。一年后，湖广总督迈柱委派广济县令高仁杰审理此案。高仁杰是个试用的县令，正想谋取汤知县的职位。他将涂如松严刑拷打，又将麻城知县及其佐吏下狱。总督迈柱

竟以涂如松杀死妻子，官员受赃的罪名，准备将他们杀头。后来杨氏暴露，被拘捕，真相大白，冤狱澄清。汤应求官复原职，杨五荣等人被处决。这是一起寻常的家庭纠纷酿成的骇人听闻的冤案。小说反映了流氓无赖的猖狂、官吏的卑劣无耻和刚愎自用。

清代文言公案小说故事情节曲折生动，引人入胜。《聊斋志异》中的《胭脂》写东昌牛医卞氏之女胭脂，才姿惠丽。偶遇秀才鄂秋隼，一见钟情，害了相思病。王氏得知之后，将此事告知情人宿介。宿介冒充鄂秀才潜入胭脂闺房求欢遭拒，强取胭脂绣鞋而去。毛大捡到宿

介遗失的绣鞋，窃听到宿介求欢未果的
情况，来到卞家，误入卞翁卧室，将其
杀死。卞媪拾到绣鞋，知杀卞翁者是与
女儿有关之人。卞家母女赴县告状。官
吏拘捕了鄂秀才。鄂秀才受刑不过，诬
服杀人之罪。济南府复审此案，知府吴
南岱拘来王氏，王氏供出宿介冒充鄂秀
才求欢之事。吴知府顺藤摸瓜，又将宿
介拘捕到案，酷刑之下，宿介被屈打成
招，承认自己是杀人的真凶。宿介听说
学使施愚公最为贤能，便向他投了一张
伸冤状子。施公利用人们迷信鬼神的心
理，辨出真凶。毛大交代了杀害卞
公的罪行，被处斩。

二、《龙图公案》成书内容简介

　　《龙图公案》是产生于明代的记述包
公审案断狱的短篇小说集。又称《龙图
神断公案》，全名为《京本通俗演义包龙
图百家公案全传》。包拯曾经担任龙图阁
直学士，所以，人们也称他为包龙图。《龙
图公案》的"龙图"二字就来源于此。

　　（一）编者与版本

　　在《龙图公案》的一些版本中，有
听五斋的评语。《龙图公案》的编者可能

就是这位评点者听五斋先生。"听五"斋名，来自《周礼·秋官·小司寇》："以五声听狱讼，求民情：一曰辞听，二曰色听，三曰气听，四曰耳听，五曰目听。"五听，就是指辞听、色听、气听、耳听、目听，全是动词和宾语倒置，就是说对罪犯要察言观色，不放过任何一个细节。可见，听五斋的法律意味是极浓的。

我们认为听五斋很可能是《龙图公案》的编者，主要依据他在《金鲤鱼》《玉面猫》后的评语："此两宗公案，可谓幻绝。特摘而入之，志幻也。"他能够"摘而入之"这两篇，也就能选择其他篇目。一个"特"字强调了两则故事的与众不同：

它们因其"志幻"而可以聊备一体，其他没有特别之处的故事，则不必一一指明是自己摘录的了。

有两处评语透露了编选的指导思想。一处是针对第二则《观音菩萨托梦》的评语："著述此事，大有深意。初视皮毛，若止为刑名家作津梁，而叩其精微，实念念慈悲，言言道德。治世可，度世可，超世亦可。盖儒而参元以禅玄者也。首叙弥陀观音感应，而结以玉枢三官经之效验。且特附孝烈贞节于后，以补其所未尽。此可见种种劝善苦思矣。"另一处是第一百则《三官经》后的评语："男子妇人，白叟黄童，止信得佛道两门，说了念佛看经，无不洗心易虑。然则兹编，用佛菩萨开场，而以玉枢三官经结束，意在斯乎？"这两处评语是互相呼应的，说明选编此书的原则和意图，不仅仅是讲述一个个断案故事，更在于劝人行善，洗涤心中的杂念，遵守道德准则。显然，

编者十分强调小说的惩恶扬善、劝诫教化作用。

从评语中可知听五斋是一介穷书生。他说："余少时读书家祠中，有族叔将佣值三钱，助余油薪。余年二旬奇矣。头颅如故，补报何时？中心藏之，何日忘之？此情不报，愿随逝者！"作者是个好读书的人，但家贫，油薪尚需族叔来接济。从一些评语中的牢骚话，也可见他的"穷"。文中说他只有二十几岁，恐怕不确。他写在书中的五十余条评语，说明他是有一定阅历和识见的，不像是一个不谙

世故的年轻人。

听五斋的政治态度很激进，对当时的政府颇有批判意见。如在《三娘子》《贼总甲》后评曰："剪络贼最难捉。如孝肃公，是能捉剪络者。虽然，豺狼当道，安问狐狸？今日剪络者，岂独街头光棍哉！"豺狼当道，即指政府中的胡作非为的败类。他借题发挥，把矛头指向当时的官府大员。

《龙图公案》中有三十多则故事是涉及鬼神的。一种情况，是那些在不公正的社会中受到冤屈的人，作者不敢让他们在现实环境中诉说，于是虚构了一个阴曹地府，让他们发牢骚，泄冤屈。怪诞的艺术形式，曲折地反映了当时社会无法调节的矛盾。另一种情况，是不是靠人智破案，而是以鬼神迷信的方式解决问题，诸如神仙鬼魂托梦显灵、谶语、字谜等揭示破案门径。编者不是在宣扬迷信，而是另有隐衷。在《善恶罔报》《寿

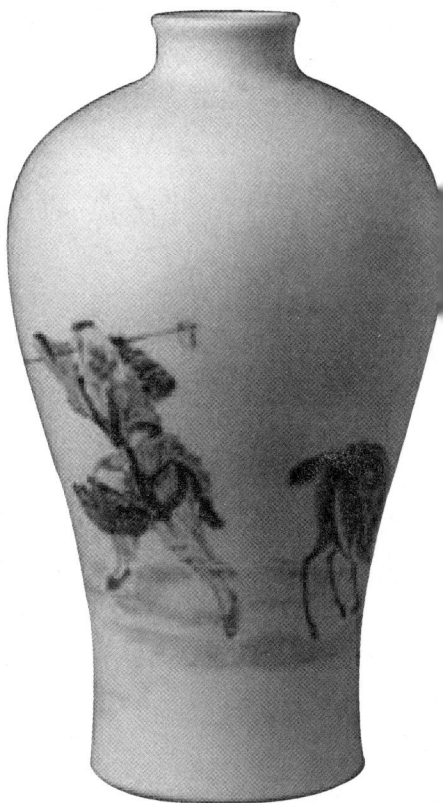

夭不均》后,听五斋评曰:"这等糊涂世界,没个出头日子。往往求报于冥间,原是无聊之计耳。况冥间又不可测如此!虽然,正以其不测也,犹能使人惧耳。不则惫赖子弟,不怕阳世尊官,说了地下阎罗便怕,此何以故?"一语道破书中鬼神故事的秘密,原来是为了规劝恶人;在现实的力量无法制止丑恶的时候,利用阴森恐怖的阴曹地府来使人害怕,不敢作恶。编者的心中十分清楚,这些神鬼显灵、冤魂报应都是凭空虚构的假话,是不得已才这样写的。

听五斋还很可能是书中十三则地府故事的作者。这些故事未见有任何来源,纯系独立创作。它们虽然有案情,有判案,但缺乏故事而富于思想。作者不过是借公案小说之名,抨击杀边民冒功、科场弊病、受贿徇情等政治黑暗和官场腐败,文笔泼辣,

见解深刻，思想、风格与书中评语酷似。

　　《龙图公案》有繁本和简本两种版本。《龙图公案》分卷不分回，所以每一个故事，我们称为一则。繁本与简本的区别是指书中则数的多寡，而不是每则故事文字的繁简。繁本系统分五卷本、六卷本、八卷本、十卷本，均为一百则；繁本又可根据有无听五斋评语分为两种，有评语的本子比没有评语的本子早出，后者可能是根据前者改编的。简本系统有六十二则本、六十四则本、六十六则本。较常见的版本有两个：一个是宝文堂书店1985年出版的《龙图公案》校点本（该书出版时，按民间口头通称，书名改为《包公案》），一个是群众出版社1999年出版

的《龙图公案》校点本，两个版本均为一百则。

（二）故事来源

《龙图公案》一百则皆叙包公故事，除《割牛舌》一则有史实根据外，其余均为子虚乌有的虚构故事。

关于《龙图公案》的来源，有学者指出，百则故事的绝大部分都是书商请人用"剪刀加浆糊"的办法，从诸多公案小说中移植过来的；尚不够数，又请编者补写了若干则，凑成百则。《龙图公案》的故事大多不属于作者自创，而是抄袭它书而成。抄袭的对象为明代的几部公案小说集，对原书的内容改动很小。具体为：有四十八则故事来自《百家公案》。其中三则故事在《百家公案》中是相连的两回，即第十八则《白塔巷》来自《百家公案》第七十六回《阿吴夫死不分明》和七十七回《断阿杨谋杀前夫》，第五十七则《红牙球》来自《百家公案》第九十三回《潘秀误了花羞女》和九十四回《花羞还魂累李辛》，第六十二则《桑林镇》来自《百家公案》第七十四回《断斩王御史之赃》和第七十五回《仁宗皇帝认亲母》。

有二十一则故事来自《廉明公案》。将《廉明公案》中的各色判官一律改为包公，其他方面也做了一些改动。

有十二则故事取自《详刑公案》。两书中的同题材故事，均有着基本相同的

人物形象和大体一致的故事情节，甚至连文字也大致相同，可见两书的关系非常密切。

有三则故事取自《律条公案》。编者对《律条公案》的故事改动很小。不仅人物形象和故事情节相同，文字上的差异也不大。

《龙图公案》第三则《嚼舌吐血》出自《新民公案》卷四的《和尚术奸烈妇》。

根据以上分析，《龙图公案》与明代的其他公案小说集有直接渊源的故事一共是八十五个。所以它的大部分故事，是抄撮、改编他书而成，这在版权意识淡薄的古代，属于正常情况。对其他小说集中的故事，往往仅仅是改换一些人名（包括主审官的名字）、地名。抄袭的小说集主要是《百家公案》《廉明公案》《详刑公案》《律条公案》《新民公案》。

另外，有十三则阴司断案故事可能出自作者的自创，即第二十四则《忠

节隐匿》、第二十五则《巧拙颠倒》、第
三十七则《久鳏》、第三十八则《绝嗣》、
第五十九则《恶师误徒》、第六十则《兽
公私媳》、第六十七则《善恶罔报》、第
六十八则《寿夭不均》、第七十五则《屈
杀英才》、第七十六则《侵冒大功》、第
九十三则《尸数椽》、第九十四则《鬼推
磨》、第一百则《三官经》。此即上文所
说的十三则地府故事。

《龙图公案》尚有三个故事来历不明，
即第十则《接济渡》、第九十五则《栽赃》
和第九十七则《瓦器灯盏》。

三、《龙图公案》展现的市井乡村风貌

　　《龙图公案》除了塑造了包公的正面形象以外，也和其他的公案小说一样，专以社会和人性中的阴暗和丑恶为主要表现对象，着眼于人们之间的不和谐与矛盾冲突，展示了市井乡村阴冷、恐怖气氛的风情画。

　　（一）塑造了执法如山的包公形象

　　包拯是宋代一个真实的历史人物，

官至枢密副使，为人公正无私、正直刚毅、清介廉洁。《龙图公案》中的包公，虽然以历史人物包拯做依托，却已经不是历史人物，而是小说中的人物，历代作者虚构的艺术形象。我们讨论的，就是小说《龙图公案》中的包公形象。用胡适的话说，包公是一个"箭垛式的人物"。胡适说："这种有福的人物，我曾替他们取了个名字，叫做'箭垛式的人物'，就同小说上说的诸葛亮借箭时用的草人一样，本来只是一扎干草，身上刺猬似的插着许多箭，不但不伤皮肉，反可以立大功，得大名。包龙图——包拯——也是一个箭垛式的人物。古来有许多精巧的折狱故事，或载在史书，或流传民间，一般人不知道它们的来历，这些故事遂容易堆在一两个人的身上。在这些侦探式的清官之中，民间的传说不知怎样选出了宋朝的包拯来做一个箭垛，把许多折狱的奇案都射在他身上。包龙图遂成了中国的歇洛克·福尔摩斯了。"

所谓包公是一个"箭垛式的人物"，

无非是说这一百则故事绝大部分不是历史上包拯的真实故事，而是将史书上其他人或民间传说的各种折狱故事归属到包公名下，塑造出包公这个侦探式的法官形象。包公形象，是经后人堆砌、作为精神楷模的人物，同原型有较大的差距，或者说原型不过是一个充当箭垛的符号。书中的包公洞悉人情物理，分析

案情细致入微，断案神速、准确，所以
胡适称他为"中国的歇洛克·福尔摩斯"。

包公是一个秉公执法、铁面无私的
清官。在包公所断的案子中，涉案人员，
既有平民百姓，更有达官显贵。他之所
以无所畏惧，是因为胸中无私。清代李
西桥在《龙图公案序》中说："《龙图公案》
世传为包公所断之案，尝阅一过，灵思
妙想，往往有鬼神所不及觉；而信手拈来，
奇幻莫测，人人畏惧。所以然者，包公
非有异术，不过明与公而已。……夫人

能如包公之公，则亦必能如包公之明；倘不存一毫正直之气节，左瞻右顾，私意在胸中，明安在哉！故是书不特教人之明，而并教人之公。"指出包公的"明"源于其"公"，概括出《龙图公案》中包公形象的特点。

《狮儿巷》写潮州的秀才袁文正携妻张氏进京赶考。一日，同妻子入城游玩，曹国舅二皇亲见张氏貌美，便将他们请到府中。曹把袁文正灌醉，用麻绳绞死，打死三岁的孩子，强占了张氏。包公在回府途中，一阵狂风吹起，旋绕不散，直从曹国舅高衙中落下，包公想：此地必有冤枉事。曹家中间门上大书数字道:"有人看者,割去眼睛;用手指者,砍去一掌。"包公向一老人询问曹国舅的所作所为,老人叹道:"大人不问,小老哪里敢说。他的权势比当今皇上的还大。有犯在他手里的,便是铁枷;人家妇女生得美貌,便拿去奸占,不从者便打死,不知害死几多人命。"包公回衙,即令勾取旋风鬼来证状。曹国舅怕事情败露,欲将张氏杀掉,幸被张公搭救。不料张氏在开封街上被大国舅打昏,王婆将她救醒。张氏跪截包公马头叫屈。审勘明白,包公先设计捉了大国舅,又设计捉了二国舅。得知曹二国舅将被正法,先是皇后说情,后仁宗亲自到开封

求情，要包公"万事看朕分上恕了他罢"。

包公道："既陛下要救二皇亲，一道赦文足矣，何劳御驾亲临？今二国舅罪恶贯盈；若不依臣启奏判理，情愿纳还官诰归农。"最后，还是将二国舅处斩。皇后、皇帝等人都亲自来求情，包公面临的巨大压力可想而知。他能始终坚持原则，不徇私情，就是因为他不恋乌纱帽，所以才能做到

无私无畏。

　　包公也是一个通达人情世故、恤弱悯善的忠厚长者。办案之后，对那些劫后余生的人，或撮合他们成为夫妻，或以银两资助那些遭到罪犯残害的孤寡者。《锁匙》中王朝栋与邹琼玉是父母指腹为婚。朝栋之父早逝，朝栋只知读书，遂至贫穷。琼玉之父邹士龙做了参政。朝栋已十六岁，托父亲的朋友刘伯廉前去商议完婚之事。邹士龙看朝栋只是个穷儒，意欲退婚；如意欲完婚，必行六礼。一次，琼玉与朝栋相见，琼玉以父言相告。

朝栋道："此亲原是先君所定，我今虽贫，银决不受，亲决不退。令尊欲将汝遣嫁，亦凭令尊。"琼玉道："家君虽有此意，我决不从。"当晚两人再次会面，琼玉将金手镯等物品赠给朝栋。贼人祝圣八到邹家偷窃，还杀死了婢女丹桂。邹士龙派家人梅旺到各处探寻作案人。梅旺在一个银匠店拿回一金手镯，经辨认，手镯是琼玉的，而金手镯是朝栋拿去换银子的。邹士龙认定杀人凶手就是朝栋，便将其告到官府。朝栋诉冤，说金手镯是琼玉给自己的。包公找来邹士龙询问，又找来琼玉对证。琼玉说金手镯是自己给朝栋的，但丹桂不是朝栋杀的。包公也认为杀丹桂者绝不是朝栋，并力劝邹士龙："你当时与彼父既有同窗之雅，又有指腹之盟，兼有男心女欲，何不令速完婚？"并保证七日内一定抓到凶犯。夜晚，鬼神托梦给包公，暗示杀人者是祝圣八。包公遣人拘来祝圣八，祝圣八抵赖。包公拿下他腰间的锁匙，差人到祝家，对他妻子说，你丈夫承认劫了邹家财物，我们来取赃物。邹妻信以为真。祝圣八无言争辩，一一招来。包公判道：审得祝圣八，恣行偷盗，杀侍婢劫财物；王朝栋非罪而受丛脞，合应免拟；邹琼玉

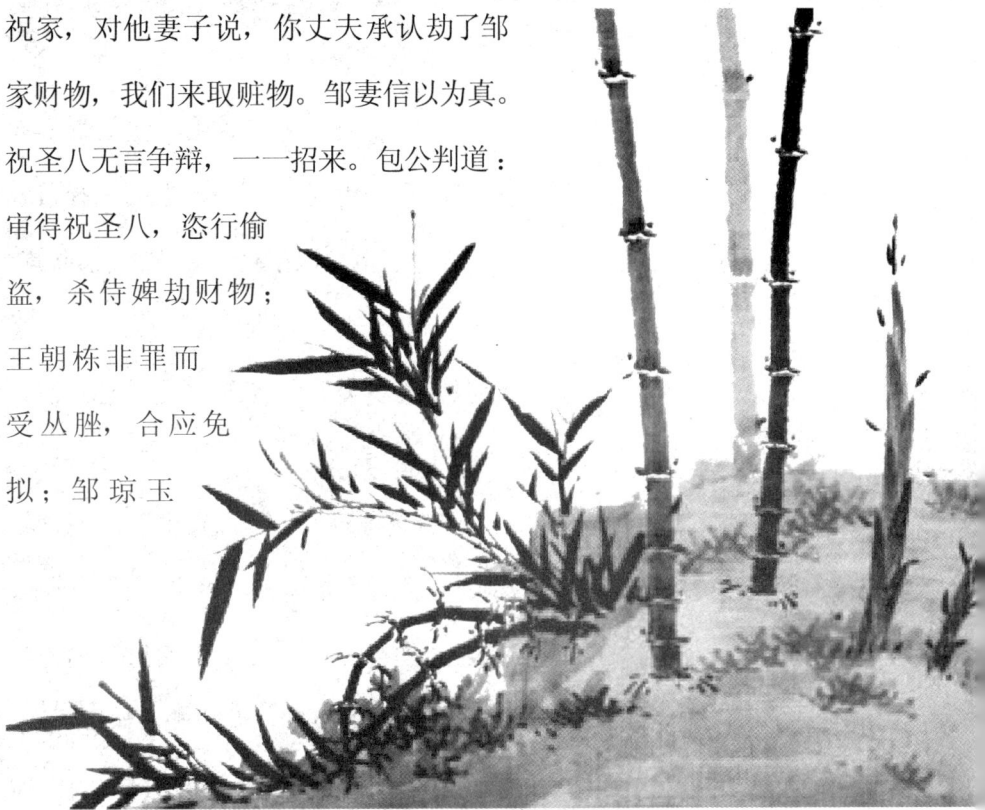

永好而缔前盟，仍断成婚，使效唱随而
偕老，俾令山海可同心。王朝栋择日成
婚，夫妇和谐。次年赴京会试，黄榜联登，
官授翰林之位。包公既惩处了罪犯，又
说服了嫌贫爱富的家长，使一对有情人
终成眷属。

《扯画轴》写顺天府香县的乡官知
府倪守谦，家富巨万，嫡妻生长男善继，
临老又纳梅先春为妾，生次男善述。守
谦患病，告诉善继，契书账目家资产业，
尽付与他；善述只分一所房屋、数十亩

田即可。先春不同意。守谦道，日后，
大儿善继倘无家资分与善述，可待廉明
官来，将一轴画去告，自然使幼儿成大富。
数月后，守谦病故。善述长了十八岁，求
分家财，善继霸住，全然不予。先春闻
听，遂将夫遗画一轴，赴官府告状。包
公将画轴展开，见其中只画一倪知府像，
端坐椅上，以一手指地。拆开视之，轴
内藏有一纸，上写道："老夫生嫡子善继，

贪财昧心；又妾梅氏生幼子善述，今仅周岁，诚恐善继不肯均分家财，有害其弟之心，故写分关，将家业并新屋二所尽与善继；唯留右边旧小屋与善述。其屋中栋左边埋银五千两，作五垤；右边埋银五千两，金一千两，作六垤。其银交与善述，准作田园。后有廉明官看此画轴，猜出此画，命善述将金一千两酬谢。"包公看出此情，叫来先春、善继、善述一起去勘察、挖掘，银两之数，一

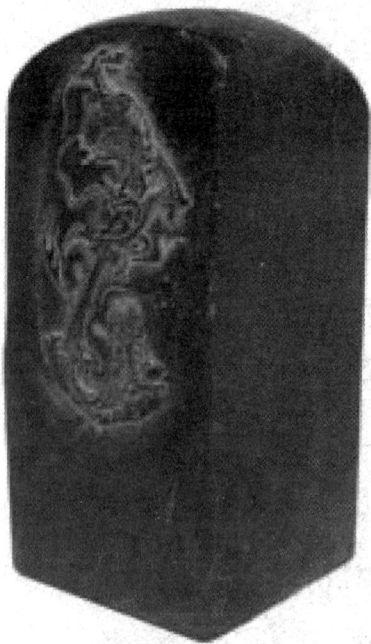

如所言。包公道："适闻倪老先生以一千
两黄金谢我，我决不要，可与梅夫人作
养老之资。"善述分得了家财，与母向前
叩头称谢。当从地下挖出银子后，虽然
这些银子是倪太守预先酬谢给包公的，
包公却不像"三言"中"鬼断家私"的滕
大尹那样，把上千两银子收归己有，而
是留给了倪太守的遗孀作养老之用，说
明他毫不考虑自己，一心想着普通百姓，
体现了恤弱悯善的忠厚情怀。

包公还是一个能静观默察、慎思明
辨，有着高超破案方法的法官。《龙图公
案》对包公形象的塑造，主要集中在他

对案件的审理上，展现其高度的智慧和断案技巧，使之成为一个集侦探、审讯、判决于一身的侦探式的法官形象。

（二）揭露了封建统治者的罪恶

《龙图公案》的批判对象，上至皇亲国戚、王侯世家，下至贪官污吏、豪绅恶棍，小说揭露了他们飞扬跋扈、胡作非为、荼毒百姓、横行霸道的行径。《黄菜叶》是以揭露皇亲国戚为内容的作品。

西京河南府织匠师官受之妻刘都赛，于正月上元佳节出外观灯。人多拥挤，同伴失散，刘都赛也迷了路。皇亲赵王见她容貌美丽，就将她诓骗入府，强行霸占。赵王贴出告示，招织匠来府织造衣服。师官受以织衣为名前来打探妻子的消息。夫妻相见，相拥而泣。赵王见状大怒，将师官受同另外四个匠人一齐杀害。赵王恐有后患，又将师家大小男女尽行杀戮。只有张院公和师官受的儿子师金保因外出购物，才逃过一劫。师官受的弟弟师马都从扬州来到开封府告状，

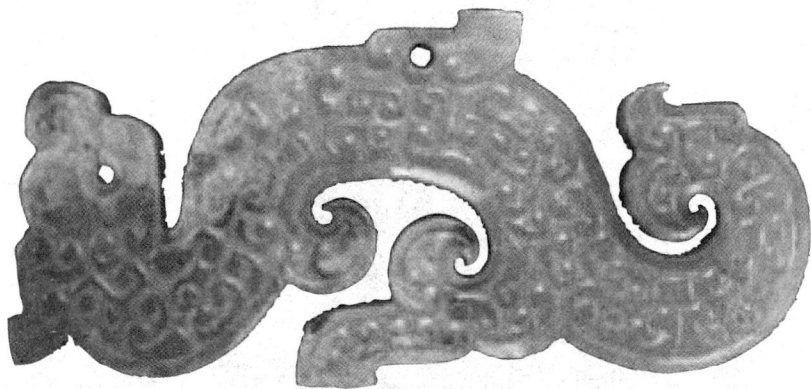

却被赵王派孙文仪打死。尸体被藏在黄菜叶下正要运走，被包公遇上，揭开菜叶，见内有一尸，就叫狱卒停在西牢。张院公抱着师金保到包公府喊冤，将师家受到的冤屈如实道来。师马都也很快复苏，哭诉了被孙文仪打死的情由。包公假装卧病不起，推荐赵王接任开封府尹，目的是骗他前来受审。赵王来到开封，小说描写了他的不可一世与胡作非为："行过南街，百姓惧怕，各个关门。赵王在马上发怒道：'汝这百姓好没道理，今随

我来的牌军在路上日久，久缺盘缠，人家各要出绫锦一匹。'家家户户抢夺一空。"来到包公府，包公把赵王等拿下，极刑拷问，赵王招出谋夺刘都赛杀害师家满门的情由。刽子手押出赵王等到法场处斩。

《侵冒大功》是以一般官吏为揭露对象的，这是一个地府断案故事。包公奉旨犒赏三军，马头过处，忽然一阵旋风吹得包公毛骨悚然，中有悲号之声。包

公道："此地必有冤枉。"即叫左右曳住马头，宿于公馆，登赴阴床。见九名小卒状告游总兵夺人之功，杀人之头。这九名小卒曾经去劫鞑子的营寨，四面放火，三千鞑子均被烧死。不料游总兵不但不给他们论功行赏，还将功劳记在自己的名下，并杀了这九个小卒灭口。包公唤来鬼卒拿游总兵来审问。游总兵招供。门外喊声大作，数千余边民一个个啼哭不住，山云暗淡，天日无光。包公让鬼卒引两名边民到公厅询问。得知，一日胡马犯边，被杀退。游总兵乘胜追赶，倒把边境百姓杀上几千，割下首级来受封受赏。包公判游总兵永堕十八重地狱不得出世。

在封建时代，统治者和人民的对立表现在政治、经济、文化等社会生活的各个方面，而这种对立，完全是统治者的恃强怙恶、为富不仁、蹂躏欺压百姓造成的。《龙图公案》揭露了统治者的罪恶，广泛反映了统治者和人民的矛盾，展示了一幅幅血淋淋的画面。而小说中这些作恶多端的坏人，最终都受到了包公的公正判决，是劳动人民善良而美好

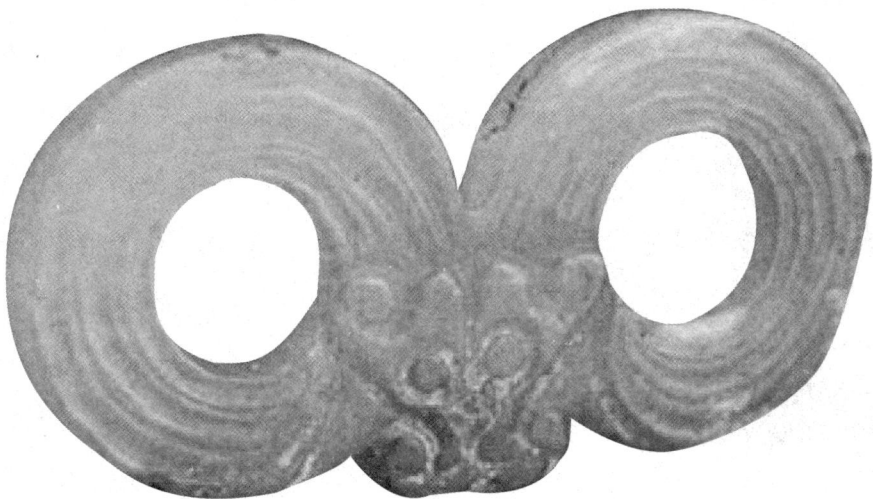

愿望的形象反映。

（三）反映了社会的各种病态现象

《龙图公案》中描写了大量的刑事案件和民事案件，主要目的是为了表现包公的断案能力和破案技巧，同时，也折射出明代社会的各种病态现象，反映了金钱侵蚀下的险恶世风。

1. 对金钱的疯狂追求

明代中叶以后，随着商品经济的发展，金钱的诱惑力越来越大，一些人为了获得金钱，便不惜一切，甚至不择手段，表现出对金钱的疯狂追求。《斗粟三升米》写河南开封府商水县梅敬少入庠序，后父母双亡，他也屡试不第，决定弃儒经商，对其妻说："吾幼习儒业，将欲显祖耀亲，荣妻荫子，为天地间一伟人。奈何苍天不遂吾愿，使二亲不及见我成立大志已殁，诚天地间一罪人也。今辗转

寻思，常忆古人有言，若要腰缠十万贯，除非骑鹤上扬州，意欲弃儒就商，遨游四海，以伸其志，岂肯屈守田园，甘老丘林。"可见，传统的"万般皆下品，唯有读书高"的观念已经受到挑战，经商赚钱成为当时人羡慕的生活道路。

《鬼推磨》的开头，有一大段作者对金钱的议论："话说俗谚道：'有钱使得鬼推磨。'却为何说这句话？盖言凭你做不来的事，有了银子便做得来了，故叫

做鬼推磨，说鬼尚且使得他动，人可知矣。又道是'钱财可以通神'，天神最灵者也，无不可通，何况鬼乎？可见当今之世，唯钱而已。有钱的做了高官，无钱的做个百姓；有钱的享福不尽，无钱的吃苦难当；有钱的得生，无钱的得死。"金钱日益成为社会各个领域的统治力量了。为了钱，可以风高放火，月黑杀人；为了钱，可以夫妻反目，兄弟成仇。传统的价值观念和伦理道德开始瓦解，人心浇薄，世

风险恶。

《接迹渡》写的就是一桩为谋取钱财而杀人害命的案件。剑州徐隆，家甚贫困，终日闲游，日食不给，常遭母亲责骂。徐隆觉得很羞愧，便相约与好友冯仁同往云南做生意，一去就是十几年，大获其利，满载而归。天色将晚，来到本地接迹渡头，当年的船工张杰撑船接应。见徐隆背的包袱响声颇重，张杰知其云南做生意归来，包袱内必有银两，陡起歹意，将徐隆一篙打落到水中淹死，夺其银两。张杰一时富贵，买田造屋。其子张尤，年七岁，张杰为他请了塾师。

端阳节请先生饮酒，先生出一上联：

黄丝系粽，汨罗江上吊忠魂。让张尤对出下联，张尤不能答对，假装上厕所。那冤魂变作一老人，给他对出下联：紫竹挑包，接迹渡头谋远客。张尤回到席间，说出下联。张杰闻听骇然失色，逼问对对子者为何人，张尤如实告知。张杰心中自疑：此必是渡头谋死冤魂出现。吓得胆战心惊，胡言乱语，把谋杀徐隆的事都告诉了先生，不料被堂侄张奔窃听。张奔与张杰有宿怨，遂将张杰告到官府。张杰伏法，受到应有的惩处。

2. 都市中的偷窃、行骗

明代中叶，商品经济的发展促进了

城市的繁荣，也使得私欲膨胀，流氓、恶棍等社会渣滓泛起，他们从事偷窃、拐骗等不法行为，败坏了社会风气。《贼总甲》写流氓团伙的偷窃案。平凉府有一术士，在府前看相，众人围观。卖缎客毕茂揣着十余两银子，也夹杂在人群中观看。流氓罗钦将银子坠于地。两人为银子发生争执，闹到包公堂上。包公判道：毕茂不知银子多少，此必他人所失，理应与罗钦均分。遂当堂分开，各得八两而去。包公发现此案错判，叫来任温和俞基，让他们带上银子去东岳庙看戏。俞基的银子不知何时被偷。任温

也发现有人在偷自己的银子，正要动手抓贼，因两旁二人拥挤，贼人溜走。任温让这二人到包公处做证人。包公审出他们身带的假银，而这正是俞基带去引诱窃贼的。二人见事情败露，只得如实供出：这个盗窃团伙共有二十余人，为首的就是贼总甲。包公将其抓获归案。

《裁缝选官》是一桩行骗案。山东监生彭应风携妻许氏进京候选，住在王婆店里。王婆家对面的浙江举人姚弘禹，窥见许氏长得漂亮，便让王婆为他谋划，企图奸占许氏。王婆思量彭应风既无盘费，又欠房钱，遂支使他到午门外写字，一个月不要回家。王婆得了钱财，在姚弘禹赴任陈留知县那天，把许氏骗到船上，说彭应风已把她卖给姚官人。一个月后，彭应风不见许氏，遂问王婆。王婆连声叫屈，说那天有轿子接走许氏，如今彭应风来要人是诈骗，还做出要告官的样子。彭应风无奈，只得含泪而去。又过半年，身无所倚，遂学裁缝。一次，在吏部邓郎中衙内做衣服，邓郎中得知他是山东候选监生，妻子被拐，身无盘费，学艺度日，便径选他做陈留县县尉。在姚弘禹安排的筵席上，彭应风与妻子相见，得知原委，便将姚弘禹告到开封府。包公将姚弘禹判武林卫充军，王婆被押赴刑场处决。夫妻团圆。

四、《龙图公案》中的破案技巧

形形色色的犯罪案件，有抢劫盗窃案、谋财害命案、强奸杀人案、通奸谋夫案、遗产纷争案、拐带人口案、诈骗案等。这些案件，有的案情复杂，头绪纷杂；有的案件由于作案人的掩饰而疑团重重；有的案件由于昏官误判，给澄清事实真相带来困难。包公面对种种疑案，是如何及时、准确地破案的呢？

（一）亲临现场，实地勘察

实地勘察是获取罪证的重要手段，也是断案的必要程序。包公除了在公堂断案之外，为了更准确地断明案情，往往需要走出公堂，实地勘察，以弄清事情的真相。

1. 乔装改扮，微服私访

包公实地勘察，调查案情，多是采用乔装改扮、微服私访的方式，或扮作商人，或化为公差，穿行于市井村寨，

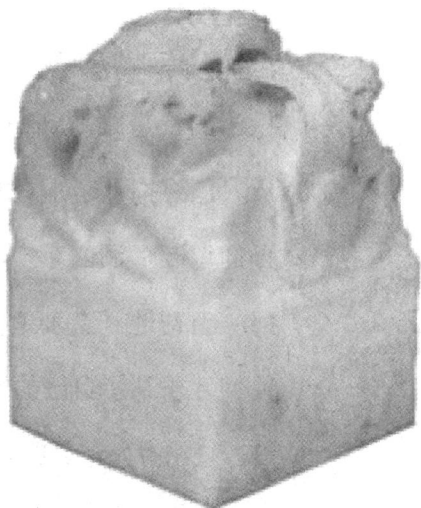

以便掌握可靠的第一手资料。《厨子作酒》写包公在陈州赈济饥民时，遇到一个姓吴的妇人喊冤，一问方知，其丈夫张虚的好友孙仰，一次趁张虚外出，欲调戏吴氏，被吴氏叱退。张虚知道此事，便与孙仰断绝了往来。一个月后，重阳节这天，孙仰谎称有事商议，骗张虚到开元寺饮酒。孙仰在酒中下了毒，张虚饮酒三天后丧命。未过一月，孙仰要强娶吴氏。孙仰是一个横行乡里、奸宿妇女的恶少，不时带着妓女到开元寺饮酒，包公心生一计，扮作一个公差模样，从后门出去，密往开元寺游玩。包公看到了孙仰的飞扬跋扈，得知张虚中毒那天做酒的就是跟随孙仰的那个厨子。回府后，包公拘捕了那个厨子。厨子招认为孙仰调制毒酒的事实。包公找来孙仰询问，当初他还想抵赖，押来厨子对证，孙仰才供认了自己的罪行。孙仰受刑不过，气绝身死。吴氏为夫伸了冤。

2. 实地查寻，获取赃物

《夹底船》写苏州府吴县船户单贵、水手叶新，专门谋害客商。徽州商人宁龙买了一批缎绢，雇单贵船只运货。单贵见财起意，将宁龙和仆人季兴灌醉，

趁夜色丢入水中。季兴被水淹死，宁龙幼识水性，得以活命。包公巡行吴地，宁龙上告包公。包公派人拘捕了单、叶二人，但他们已经在作案的当晚就将赃物转移，还扬言自己的空船被劫。因为无赃可证，所以两人百般抵赖。第二天早上升堂，包公将两人分别审问，结果他们的口供不一，露出破绽，但没有物证，仍难以定罪。于是，包公亲自乘轿前往船上勘察，船上皆空，仔细查看，见船底有夹层，打开之后，获取衣物器具及

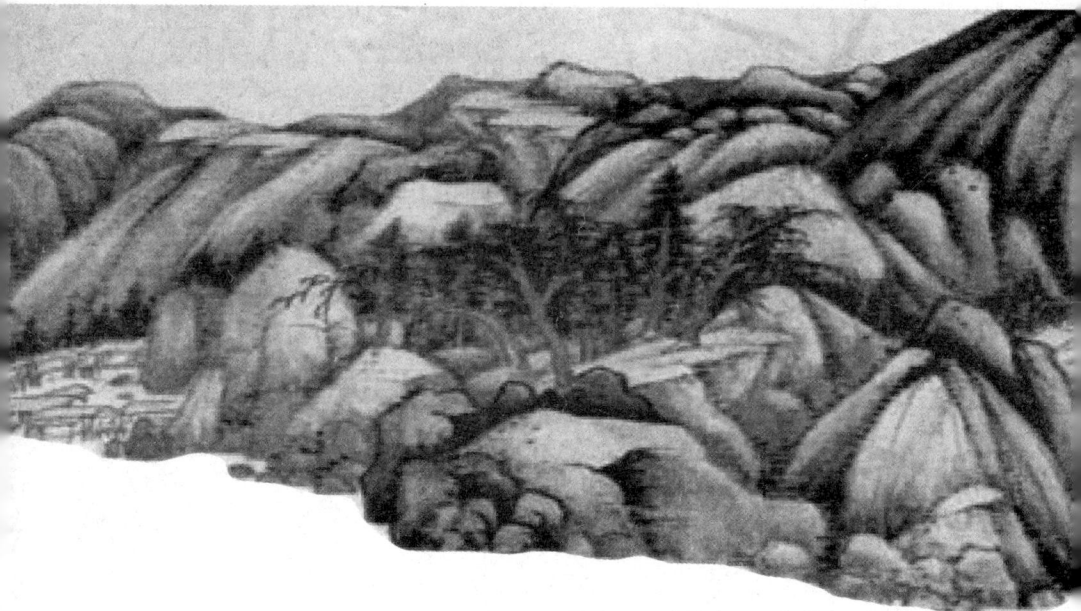

两皮箱银子。经辨认，正
是宁龙的物品，银子是单贵、叶新处理
货物所得。二犯招出实情，被判秋后斩首。

（二）深入细致，剖析案情

包公断案，之所以非常神奇，是因
为他凭着明察秋毫、细致入微的眼光，
能够在常人不易察觉的地方抓住破绽，
发现蛛丝马迹，从而正确断案。

1. 善于发现和利用物证

《木印》写包公巡行到河南的横坑，忽有蝇蚋将其团团围住。包公断定，蝇蚋恋尸体，此处必有冤枉之事。后果然在一岭畔松树下掘出一尸体，系被人谋杀，衣袋上系着一个木刻的小小印子，是卖布的记号。包公令取下，藏于袖中。他要凭着这一物证来缉拿凶手。当晚在陈留县歇息。第二天升堂，包公想，路上尸体离城郭不远，且死者只在近日，所以罪犯一定没有离开此地。包公于是吩咐官吏把本地卖布的都叫来。包公让布商张恺将众人卖的好布各选一匹交来。包公逐一看过，最后一匹与前

小印字号暗合。此布系太康县李三带来。叫来李三并同伙三人。在证据面前,李三等招认了谋杀布商的犯罪事实,受到了应有的惩罚。发现和利用了木刻的小小印子这一物证,帮助包公准确断案。

2. 随时随地发现异常情况

《乳臭不瑚》中潞州的韩定,家道富裕,与许二自幼相交。许二家贫,与弟弟许三为人运货物。一日,许二说咱们做买卖缺少本钱,许三让他向韩定借。韩定本想借钱给许二,但得知是和

他弟弟合伙做买卖时，便推托眼前没有
余钱，不能从命。许二兄弟俩都很生气。

一日许二兄弟路过兴田驿半岭亭子，见
亭子上睡着一人，许二认出是韩定的养
子韩顺。许三恨其父不肯借钱，怒从心
起，取斧将韩顺劈死。搜检身上碎银数
两，尽劫夺而去。木匠张一路过案发现
场，吃了一惊，吓得跑回家。韩定前来
认尸，其致命处是斧痕，跟随血迹搜寻，
到了张一家。韩定认
定韩顺就是张一所杀，
遂将张一夫妇告到官府。张

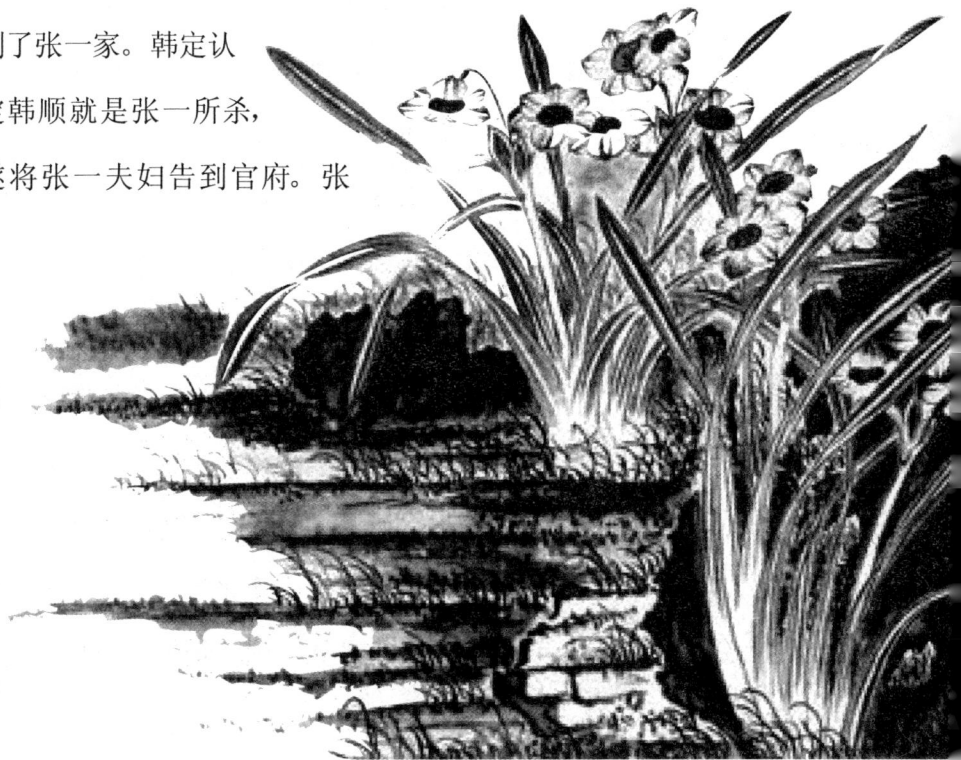

一夫妇被屈打成招。包公到潞州审理疑案，亲自询问张木匠夫妇，两人悲泣呜咽，自觉冤屈。包公心想：如果是张木匠杀人，会极力掩饰，血迹不会落在他家。次日，又提审问，张木匠所诉如前。包公正疑惑间，见一小孩与狱卒私语。经追问，小孩承认有两个人雇他来打探张木匠案子的进展情况。包公捉来那两人审问，正是许二兄弟。两人招供。包公在审理此案时，从张木匠的冤屈中，从小孩的私语中，随时随地发现异常情况，推进了案件的审理。

（三）审问案情，正确分析推理

推理的方法，是包公审理案件时经常使用的。在这类案件中体现了包公超人的智慧。

1. 分析受害者心理

《夺伞破伞》写罗进贤雨天擎伞出门访友，行至后巷亭，有一个叫邱一所的后生请求共同打伞同行。谁知行到岔路口，邱一所竟夺伞在手，不想还他。二人相争，扭打到包公衙门。包公问伞有没有记号，答没有。再问有证人否，答未有。又问伞值几个钱，罗进贤道新伞值五分。包公假装生气说："五分钱的东西也来打扰衙门。"令左右将伞扯破，每人分一半，将二人赶了出去，暗中让门子打探二人的动静。门子告知罗进贤骂老爷糊涂不明，邱一所埋怨罗进贤争他伞。包公命皂隶拿二人回来，告诉他们，是故

意扯破雨伞试探真伪；罗进贤见判案不明，又将伞扯破，心中愤恨，所以骂老爷糊涂不明。于是，将邱一所打十大板，追银一钱以偿罗进贤。

2. 分析作案者心理

《三娘子》写广东潮州府揭阳县赵信与周义相约同往京城买布，租了艄公张潮的船只。次日四更，赵信先到船上。张潮见四周无人，将赵信推入水中淹死，又回到船上假装睡觉。黎明，周义到，叫艄公，张潮方起。周义久等不见赵信来，乃叫张潮去催。张潮来到赵信家门口，连叫赵妻三娘子开门。三娘子说丈夫早已出门。张潮回报周义。周义与三娘子遍寻四处，三日无踪。周义到县衙报案。知县审案。知县问周义："一定是赵信身上带着银子，你谋财害命，特意假装报案。"周义据理分辩，赵妻也为其辩解，称是张潮谋害了自己的丈夫。张潮辩称，周义到船时尚在熟睡，且附近船户也未

见赵信到来，排除了自己杀人的可能性，反诬三娘子害死亲夫。知县将赵妻严刑拷打，赵妻招架不住，遂招认是自己谋杀亲夫。包公巡行此地，重新审理此案。拘来张潮问道："周义让你去催赵信，该叫三官人，缘何便叫三娘子？你一定是知道赵信已经死了，所以才叫他的妻子。明明是你谋杀了赵信，却反诬其妻。"张潮终于承认了自己杀人的罪行，得到应有的惩罚。包公从张潮在叫喊时无意留下的破绽，分析罪犯的心理，找到了案子的突破口，将真正的凶手绳之以法。

3. 利用罪犯家属心理

《血衫叫街》写肇庆附近宝石村的黄长老家颇富足，长子黄善，妻陈琼娘。

一日，陈家的仆人进安来报，说琼娘的父亲染了重病。琼娘跟丈夫说要回去看看，丈夫不许。琼娘只好悄悄与进安一起回去。半路上，与张蛮等三屠夫相遇，张蛮等见琼娘头上插戴金银首饰极多，就劫了她的首饰，并砍伤了她的左手。黄善吩咐家人请医生为琼娘疗伤，一面与进安入府哭诉包公。包公从进安口中得知凶犯为屠夫，且推断凶犯尚未回城。他让值堂公皂黄胜等人带着陈琼娘的血衫满街叫喊，说今天早上三个屠夫在城外被劫，一个屠夫被杀死。张蛮的妻子闻讯，连忙出门询问。黄胜等人在他家对门的酒店中守

候。午后，张蛮回来，被黄胜一把抓住，押来见包公，随即搜出金银首饰数件。张蛮供出同伙。人赃俱获，凶犯抵赖不过，只好低首就范。包公凭着对罪犯家属心理的洞悉而顺利破案。

4. 分析利用动物的习性

《骗马》写开封府南乡有一大户，叫富仁，家蓄上等骒马一匹。一日，富仁骑马上庄收租，到庄遂遣家人兴福骑马回家。走到半路，下马歇息。遇到一个叫黄洪的汉子，骑着瘦骡一匹。黄洪自称识马，想借兴福的马试一试。兴福不知是计，遂将马交给他骑。黄洪加鞭策马跑得没了踪影。兴福追之不及，回家被主人痛骂一顿，富仁命他牵着骡子到包公那里报案。包公让人将骡子牵入马房，三天不给草料，饿得那骡子嘶叫嘶闹。三天后，把骡子牵到黄洪骗马的地方，放开缰绳，任其奔跑，一直跑到四十里外黄泥村的一间茅屋。这家主人正是黄洪。黄洪牵着一匹骡马正要放在山中看养，被兴福认出，当即连人带马押回官府。至此，案件告破。

（四）巧设诱饵，获取证据

在没有先进的取证技术的古代，如何对付狡猾的罪犯？没有证据，即使罪

犯被抓到了，也会隐瞒抵赖，给断案带来困难。包公的高明之处，在于能够巧设诱饵，诱使罪犯进入圈套，从而获得确凿的证据。

1. 以"信任"诱出赃物

《包袱》中宁波府定海县高科之女季玉和夏正之子夏昌时是父母指腹为婚。夏正为官清廉，家无余财，后死在京城；高科则资财巨万。夏昌时托人去高岳丈家求亲，高科嫌其贫，有退亲之意。季玉窃取父亲的银两钗钿约值百两以上，约夏昌时夜晚到后花园交给他作为聘金。夏昌时的好友李善辅听说此事，心生一计，用毒酒将夏昌时药昏，冒充夏昌时前往高家花园，杀死侍女秋香，抢走银两钗钿。回来后假装睡在夏昌时的旁边。夏昌时醒来，如约来到高家花园，见到侍女尸体，惊慌而回。次日，高科发现侍女被杀，季玉道出曾暗约夏昌时。高科认定夏昌时就是杀人犯，将其告到官

府。夏昌时也将高科告到官府，指控是他杀死了侍女。顾知府审案，判夏昌时为死罪。包公巡行天下来到定海县，得知夏昌时的冤枉，又了解到暗中约会之事只有李善辅知道。包公假装与李善辅亲热，时时召见，如此相处了近半年。一天，包公对他说，自己为官清廉，女儿即将出嫁，苦无妆资，让他代换些。并叮嘱他说："汝是我得意门生，外面须为我慎重。"李善辅深信不疑，数日后送到古金钗一对、碧玉簪一对、金粉盒、金镜袋各一对。包公叫季玉前来辨认，果然是季玉想送给夏昌时的。物证面前，李善辅抵赖不过，只好招供承认。

2. 以"奖赏"诱出物证

《绣履埋泥》写开封府附近的近江，有个叫王三郎的，

家境富足。妻子朱娟貌美贤惠。对门有
个叫李宾的，好色贪淫。一天清早，
李宾趁三郎出门，来到三郎家，
见朱氏云鬓半偏，启露朱唇，
不觉欲火中烧，想调戏她，
被朱氏叱退。李宾羞愧难当，
持利刃复来三郎家，刺死朱
氏。李宾脱取朱氏绣履走出门
外，和刀一起埋在近江亭子边。朱
氏的族弟念六，来探望朱氏，见家中无
人，又转回去。王三郎回家，发现朱氏
被杀。门外一条血迹延途滴至念六船中。
三郎把念六押送到开封府。包公断定真
凶一定不是念六。他想出一个缉拿凶手
的办法：出榜文张挂，说朱氏被人谋害，
失落其履，有人拾得，重赏官钱。一天，
李宾在村舍中饮酒，与一村妇勾搭成奸。
李宾把包公榜文的内容说与村妇，称这
是个发财的机会，并说自己知道朱氏之
履在什么地方。村妇的丈夫到李宾说的

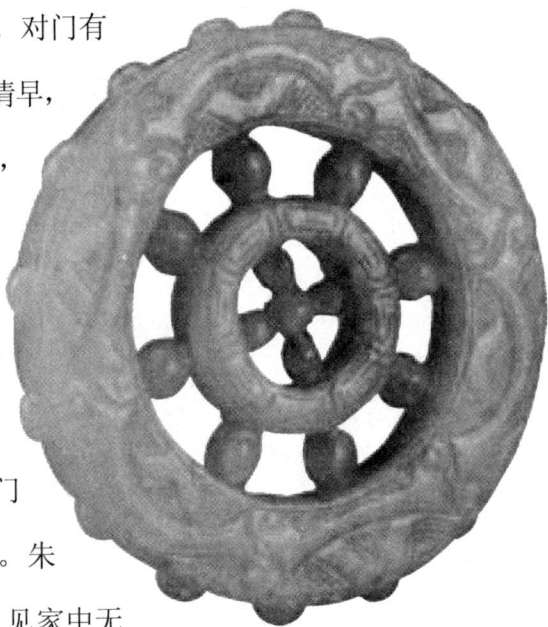

地方去找，果然找到妇人绣履一双、刀一把。将此交给包公。包公给了赏钱，也问明了物件的来源。顺藤摸瓜，把李宾和村妇捉来。李宾供出谋杀朱氏真情，得到应有的惩处。

3. 以便宜货物诱出赃银

《毡套客》写江西南昌府的宋乔，带着白金万余两前往河南开封府贩卖红花。过沈丘县住在曹德克家。隔壁的赵国桢、孙元吉发现宋乔身上带了很多钱，顿生歹意，便跟他来到开封府。在宋乔住的龚胜家，把宋乔的银两一一劫去。宋乔怀疑龚胜与罪犯勾结，把他状告到开封府。包公仔细分析案子，认为龚胜是冤屈的。找来宋乔再审，得知他在曹德克家曾住过一晚。次日，包公扮作买毡套的南京客商，前往沈丘县投曹德克家安歇。在一家酒店，听酒客赵志道、鲁大郎说，

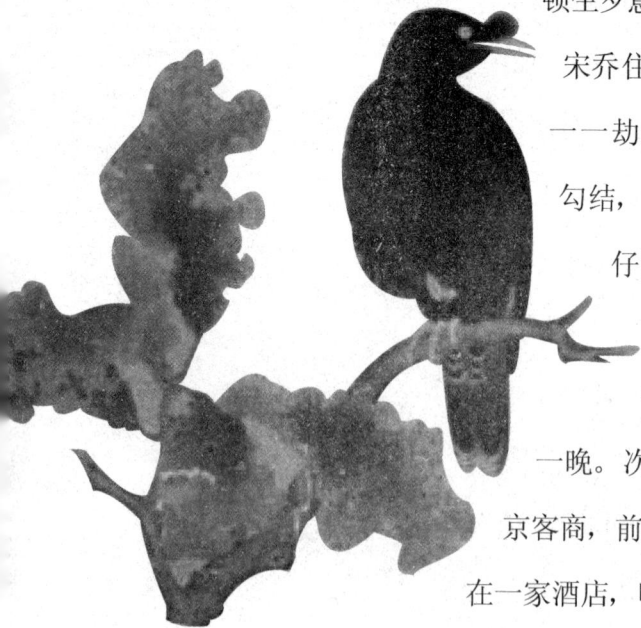

赵国桢、孙元吉如今发了大财，正在省城买房置地。包公回府，即刻令赵虎带着数十匹花绫锦缎，往省城赵国桢、孙元吉家去卖。赵、孙两人分别要买五匹缎，赵虎要银子十八两，但他们都只给了十二两银子就买下了。赵虎把得来的银子交给包公。包公把这些银子和别的银子混在一起，让宋乔前来辨认。宋乔果然认出了那几锭银子。包公差人捉拿赵国桢、孙元吉和赵志道、鲁大郎。赵志道、鲁大郎直言赵、孙突然暴富的实情。在物证和人证面前，赵、孙两人俯首无词，如实招供。

五、《龙图公案》的艺术特色

限于加工改编者水平,《龙图公案》的文学价值不高, 显得比较粗糙, 但是它据以加工的那些小说蓝本尚有一定的文字基础, 因此它在艺术上也显出了一定的特色。

(一) 结构上的特异之处

从形式上看,《龙图公案》是用中心人物包公将各个破案故事串联起来, 形成一个整体。全书 100 则，都在写包公如何破案，但每则的破案故事又不相同。

在则目的安排上，将案情性质相近的两则故事编排在一起，且这两则故事的标题是对偶的。如卷一的《阿弥陀佛讲和》与《观音菩萨托梦》均属于和尚奸情；《葛叶飘来》与《招帖收去》均是包公手下公差长途追查杀手；《夹底船》与《接迹渡》都写外出经商者被艄公谋害。卷二的《偷鞋》与《烘衣》是二字句；《黄菜叶》与《石狮子》是三字句；《龟入废井》与《鸟唤孤客》是四字句；卷三的《试假反试真》与《死酒实死色》是五字句；卷一的《阿弥陀佛讲和》与《观音菩萨

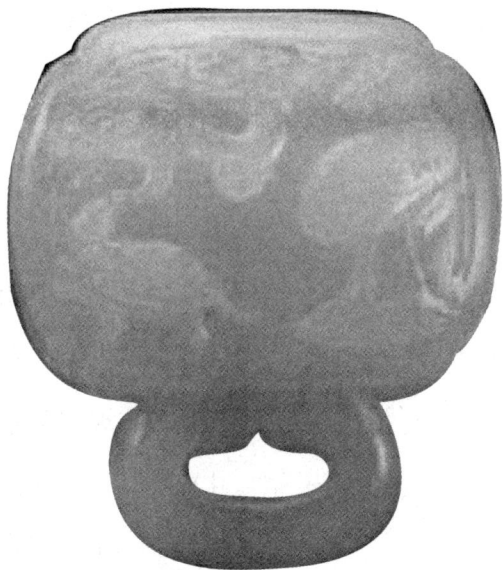

托梦》是六字句；卷六的《移椅倚桐同玩月》与《龙骑龙背试梅花》是七字句。

每一则的标题也很别致，皆取自小说中的文字，或从小说中的文字提炼而出。如《锁匙》的则目便取自小说中的文字："包公见他腰间有锁匙二个，令左右取来。"《包袱》的则目也取自小说中的文字："至花亭果见侍女持一包袱在手。"而《咬舌扣喉》的则目是从小说中的文字提炼而出："身已被污，不如咬断其舌，死亦不迟。遂将弘史舌尖紧咬。弘史不得舌出，将手扣其咽喉，陈氏遂死。"

（二）对比手法的运用

《龙图公案》中的一些故事，常常运用对比的手法，以无能昏官来突出包公的明察善断。在这些故事中，往往一开始先写其他官员草率断案，造成冤狱，最后由包公明察秋毫，发奸摘伏，昭雪

冤屈。《借衣》
写赵士俊之女阿娇与沈良谟之子
沈猷结为秦晋之好。因遭水患，沈
良谟家事萧条，赵士俊欲退亲。一
天，趁赵士俊外出，阿娇之母约沈
猷前来，将银两给他作
迎娶之用。沈猷衣着
破旧，便去姑姑
家向表兄王倍借
衣。谁料王倍是个歹人，谎称要去拜访
朋友，第二天回来再借给他。王倍冒充
沈猷来到赵家，诱奸了阿娇，骗走了银
两、金银首饰、珠宝等。两天后，沈猷
来到赵家，言辞文雅，雍容有大家风范，
始知前者是骗子。阿娇悔恨万分，自缢
身死。王倍之妻游氏见他做出如此缺德
之事，便与他离婚。赵士俊得知女儿已
死，凭着有财有势买通官府，叶府尹听
信原告的一面之词，将沈猷定为死罪。
包公巡行此处，重新审理此案，发现疑

点。于是扮作卖布商人，到王倍家卖布，王倍用从赵家骗来的银子和首饰购得布匹。包公获得赃证，王倍无法抵赖，只好供出实情。在小说中，叶府尹收受贿赂，因而胡乱断案，与包公的深入调查、认真细致，形成鲜明的对比。

《三宝殿》写寡妇陈顺娥请龙宝寺僧一清到家诵经，追荐亡夫。一清欲调戏顺娥，未遂，将其杀死，把头藏于三宝殿后。外人都疑是死者的大伯章达德所为。死者的哥哥把章达德告到知府。知府信其言，便将章达德拘禁拷打，限期寻到陈氏之头，即可放人。累至年余，章达德家空如洗。女儿玉姬为尽孝道，自缢身死，死前嘱托母亲用自己的头送与官府结案。府尹见头大喜，认为顺娥乃达德所杀是真，即坐定死罪。包公复审此案时，见头是新死之人的，便推知一定不是顺娥的头。经讯问，得知此头乃玉姬自缢救父所献，又得知命案当天和尚一清曾到过死者家。包公让章达德之妻黄氏去僧寺祈告许愿，与一清假装调情，骗得藏在三宝殿中的人头。案件告破，冤案得以昭雪，一清被斩首。在小说中，知府主观断案，胡乱判决，造

成无辜百姓蒙冤屈死。包公接手案子后，能够查微知变，略施巧计，使案件的真相水落石出，还蒙冤者以清白。

（三）故事情节大多错综复杂

《龙图公案》中的故事情节错综复杂，主要表现在两个方面：第一个方面是破案过程曲折，第二个方面是案情复杂。

《石碑》是一则破案过程曲折的故事。浙江杭州府仁和县的柴胜，奉父母之命外出经商，去开封府卖布。来到开封府后，住在吴子琛的店中。不几日，布匹被吴子琛的邻居夏日酷盗走，柴胜却一口咬定是店主吴子琛所为，将吴子琛告到包公台前。捉贼见赃，方好断案，但并未获赃物，如何来断？审理此案，颇费周折。包公唤左右将柴胜、吴子琛收监听候审问，自己前往城隍庙行香，求神显灵，接连行香三日，毫无结果。为了获取物证，包公设下一计：开庭审判府衙前的石碑，要石碑取布还客。围观者众多，包公将挤在最前面的、擅入公堂的四个人扣押，罚没财物，其中一人交上一担布。包公提唤柴胜，让他如实辨认，柴胜指认这正是自己丢失的

布。包公问有何凭证，柴胜指出布匹上自己做的暗记。包公拘来被罚布的汪成，问他布匹的来历，汪成供认是布商夏日酷所卖。包公捉来夏日酷审问，夏日酷一一如实招供。

《地窖》是一则案情复杂的故事。河南汝宁府上蔡县人金本荣的妻子江玉梅花容月貌。金本荣在街市上算了一命，道有百日血光之灾，与父母商议后，便与妻子携带珠宝前往河南洛阳，投奔房兄袁士扶。一天晚上，他们入住一家酒店，遇到一个全真先生，赠给他们两丸丹药，告诉他们：两人各服一丸，自然免除灾难；如果有难，可奔山中来寻雪涧师父。

他们夜宿晓行，不一日将近洛阳县，听到往来的人纷纷传说西夏国王兴兵犯界，居民各自逃生。他们于是改变主意，投奔汜水县的朋友李中立。李中立在上蔡县做买卖时，多次得到金本荣的帮助，欣然收留了他们夫妇。李中立见色动心，见财起意，暗地吩咐家人李四将金本荣杀死，务要刀上见血，并以金本荣的宝物和头巾为证。李四将金本荣骗到无人处，拔出利刀向前来杀，金本荣苦苦哀求，李四心软，答应饶他一命，只用金本荣的舌头血喷在刀上，取下金本荣的头巾为证，带回财物，放走了金本荣。李中立大喜，设宴与江玉梅叙情，欲娶她为妻，告诉她金本荣已被杀死，有带血的利刀和头巾为证。江玉梅想，若不从他，自己也必遭毒手，只好假意答应，并告诉李中立说，自己已怀有半年身孕，可等分娩后再成婚。李中立答应了她的请求，让王婆领江玉梅到村中山神庙旁

的空房安歇。金本荣父母因儿子、儿媳久无音信，便收拾金银，沿路寻找。江玉梅住了数月，生下一子。王婆要把孩子丢到水里，玉梅再三哀求待满月后再处置。王婆心亦怜之，只好依从。满月后，玉梅写了出生年月日，放在孩子身上，将孩子丢在山神庙，等着别人抱去抚养。金本荣父母来山神庙问卜吉凶，不料撞见江玉梅，玉梅诉说前事，公婆具状告到包公府。包公拘拿李中立审问。再说金本荣离开汜水县后，往山中找到雪涧师父，留在山中修行出家。忽一日，师父让本荣去开封府，说本荣的亲眷在此。本荣遂得与父母妻子相见。李中立不敢抵赖，一一招供，贪财谋命是实，强占玉梅是真。李中立被依法处斩。

（四）通过揭示人物心理刻画人物

描写人物内在的精神世界，把人物

的思想感情、心理活动、思想矛盾的历程揭示出来，可以更真切地塑造人物形象。《龙图公案》中描写人物心理的方法主要有两点，一是直接描写人物的心理，二是通过语言、行动等间接方法去表现。

1. 直接描写人物的心理

《箕帚带入》写河南登州府霞照县黄士良之妻李秀姐性妒多疑。弟弟黄士美，妻张月英。兄弟同居，妯娌轮流打扫。这天，只有士良和月英在家，月英将地扫完，便把畚箕、扫帚放到李秀姐房中。此时士良已外出，绝不知晓。李秀姐回家看见箕帚在自己房内，竟疑心丈夫与月英通奸，与丈夫大吵大闹。月英闻听，自缢而死。案子告到官府，知县认定黄士良强奸张月英，致使她自杀，就将黄士良定为死罪。包公重审此案。从李秀姐口中问明当天地已扫完，畚箕里也干干净净。包公推断说：地已扫完，渣草已倾，非士良扯她去强奸。若是士良扯她去强奸，未必扫完而后扯，畚箕必有渣草；若已倾渣草而扯，又不必带箕帚入房。可见其中绝无奸情。包公从箕帚干净地放在李氏房内这一细节，断明了这一错案。

小说中有两处心理描写较为突出，第一处是李秀姐回家见箕帚已在自己的房中，她心想："今日婶娘扫地，箕帚该在伊房，何故在我房中？想是我男人扯她来奸，故随手带入，事后却忘记拿去。"写出李秀姐生性多疑、无端猜忌的性格特点。第二处是张月英听到兄嫂吵闹，

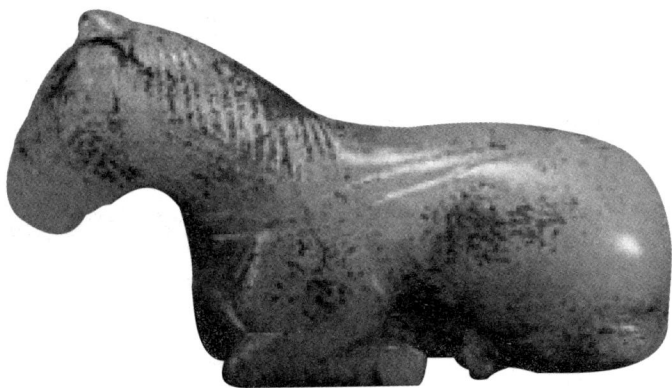

而吵闹的内容正同自己有关，小说写道：
"张氏闻伯与姆终夜吵闹，潜起听之，乃
是骂己与大伯有奸。意欲辩之，想：彼
二人方暴怒，必激其厮打。又退入房内，
却自思道：适我开门，伯姆已闻，又不
辩而退，彼必以我为真有奸，故不敢辩。
欲再去说明，她又平素是个多疑妒忌的
人，反触其怒，终身被她臭口。且是我
自错，不合送箕帚在她房内，此疑难洗，
污了我名，不如死以明志。"写了张月英
想进去分辩，却怕激其厮打；不去分辩，
自己开门的动作又被嫂子发现，不辩反
倒被认为有奸情。张月英进退两难，内
心矛盾。这处心理描写非常细腻，符合

人物此时此际的特殊处境。

2. 通过语言、行动来揭示人物的内心隐秘

《栽赃》写永平县周仪，其妻梁氏，女玉妹，年方二八，姿色盖世，早已许配杨元，但为母丧所阻。土豪伍和，偶过周仪家门，见玉妹人物甚佳，顿生爱慕。便找魏良去说媒，遭到拒绝。伍和恼怒，要用计加害。周仪知道此事，遂择日送女至杨元家成婚。伍和使人砍数株杉木，浸于杨元门首鱼池内，乃到永平县主秦侯那里诬告杨元盗砍杉木，被秦侯识破，实因争亲未遂，栽赃报复。伍和阴谋败露，被打二十板。伍和发誓不致杨元死地，誓不罢休。一日，忽见一乞丐，伍和用酒肉、银两收买他，让他将一包首饰丢在杨元家的井里，之后以盗窃罪将杨元告到包公衙门。包公果然在杨元家的井中找到"赃物"，但不是伍和说的金银首饰，而是铜锡做的。包

公便知此事有问题，于是放出伍和，让人秘密跟着他，观察动静。伍和行至市中，见到乞丐，问他为何以铜锡换取金银，这事已为首饰匠认出。乞丐无言。乞丐被押到官府，如实招道："伍和托我拿首饰丢在杨元家井中，小人见财起心，换了他的首饰，其物尚在身上，即献老爷。"至此，伍和栽赃案告破。

　　小说通过语言、行动揭示人物内心隐秘的写法也较为突出。如伍和企图收买乞丐、陷害杨元那段对话："伍和道：'我再赏你酒肉，托你一事，肯出力干否？若干得来，还有一钱好银子谢你。'丐子道：'财主既肯用我，又肯谢我，即要下井去取黄土我也下去，怎敢推辞。'伍和道：'也不要你下井，只在井上用些工夫。'语毕，遂以酒肉与他。次日清晨，伍和遂以金银首饰一包付与丐者道：'托你带此往杨

家，密密丢在井中，千万勿泄机关，只好你知我知。'"这段对话入情入理，刻画了伍和阴险、歹毒的嘴脸，而乞丐的卑贱、势力、贪图小利、铤而走险的性格也凸显了出来。接下来的叙述，则进一步通过调换金银簪钗的行动，来刻画乞丐的这一性格特点："行至前途，见一卖花粉簪钗者，遂生利心。坐于偏僻所在，展开伍和包裹一看，只见金钗一对、金簪两根、银钗一对、银簪两根，心中大喜，将米二斗，碎银三分，买铜锡簪钗换了金银的，依旧包好，挤入杨元家看戏，将此密丢井中，来日报知伍和，讨赏银一钱。"两处描写互相呼应，真是入木三分。